李太白文集（一）

米山寅太郎・高橋　智　解題

古典研究會叢書　漢籍之部　36

汲古書院

原本所藏

李太白文集　靜嘉堂文庫

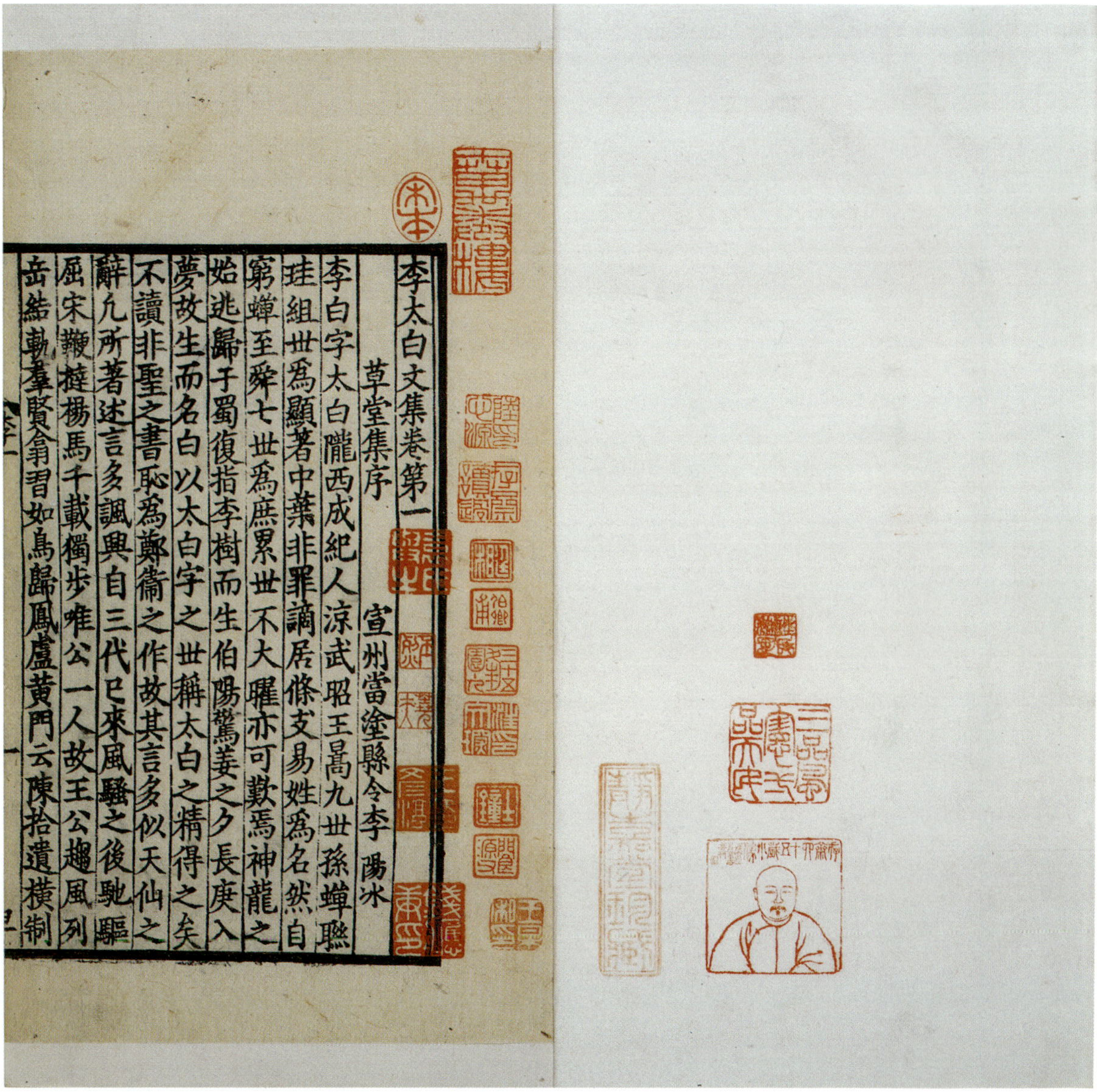
李太白文集卷第一
草堂集序　宣州當塗縣令李陽冰
李白字太白隴西成紀人涼武昭王暠九世孫蟬聯
珪組世爲顯著中葉非罪謫居條支易姓爲名然自
窮蟬至舜七世爲庶累世不大曜亦可歎焉神龍之
始逃歸于蜀復指李樹而生伯陽驚姜之夕長庚入
夢故生而名白以太白字之世稱太白之精得之矣
不讀非聖之書恥爲鄭衛之作故其言多似天仙之
辭凡所著述言多諷興自三代巳來風騷之後馳驅
屈宋鞭撻揚馬千載獨步唯公一人故王公趨風列
岳結軌羣賢翕習如鳥歸鳳盧黄門云陳拾遺横制

李太白文集　卷第一頭

第三期　刊行の辭

古典研究會は、影印による叢書漢籍之部第二期の事業として、平成八年春から始めて國寶、南宋黃善夫版刻の史記竝びに後漢書の刊行を圖り、十二年末に至る五年間で、二史計十五卷の刊行を無事完了した。幸いにしてこの第二期の事業も第一期に續いて好評を博し、所期以上の成績を收めることが出來た。これひとえに原本所藏の國立歴史民俗博物館のご好意によることはもちろん、また學界・圖書館界等各方面から絶大なご支援・ご協力を頂いた賜で、まことに感銘に堪えないところである。

ここに第二期の完了に伴い、引き續いて第三期の事業を發企することとなった。すなわち第三期においては、別記のように、王維・李白・韓愈・白居易の唐代、四文人に關する著作六種を、現存最善の宋・元刻本中から選んで影印覆刊することとした。珍藏祕籍の使用を許可された諸機關の盛意に對し、また繁忙の中、解題執筆を賜った諸先生に對し、深甚の謝意を表する。この第三期の事業が第一期・第二期におけると同樣、幅廣いご支援、ご鞭撻を得られるよう願ってやまない。

この影印叢書の制作・發行の事業は、もとより汲古書院によって擔當推進されるが、汲古書院においては、事業開始當初から率先ご盡瘁を頂いて來た坂本健彦氏が平成十一年に社長の職を退かれ、石坂叡志氏がその後を襲がれた。ここに坂本初代社長の永年にわたるご功勞に對し衷心から御禮を申し上げるとともに、石坂第二代社長によってこの事業が立派に繼承され、更に一層の伸張發展が導かれるよう期待するものである。

平成十四年五月一日

古典研究會代表

米山寅太郎

古典研究會叢書　漢籍之部　第三十六巻　目　次

口　繪
第三期　刊行の辭……古典研究會代表　米山寅太郎　一
總目次……四
凡　例……五
李太白文集　㈠
本文影印……三
不鮮明箇所一覧……松浦智子　三八九

李太白文集　全三册　總目次

〔第36巻(一)〕

目錄……五
巻第一……六一
巻第二……八五
巻第三……一〇五
巻第四……一三一
巻第五……一五三
巻第六……一七五
巻第七……二〇一
巻第八……二二五
巻第九……二四七
巻第十……二七三
巻第十一……二九三
巻第十二……三一七
巻第十三……三四三
巻第十四……三六五

〔第37巻(二)〕

巻第十五……五
巻第十六……二三
巻第十七……四五
巻第十八……六七
巻第十九……八五
巻第二十……一〇一
巻第二十一……一二九
巻第二十二……一四七
巻第二十三……一六五
巻第二十四……一八九
巻第二十五……二〇九
巻第二十六……二四一
巻第二十七……二六七
巻第二十八……二九七
巻第二十九……三〇七
巻第三十……三二三
後序……三四五

凡例

一、本書は、静嘉堂文庫所藏宋版『李太白文集』を影印收録するものである。

一、影印にあたり原書を約七十四％に縮小した。

李太白文集㈠

李太白文集目錄

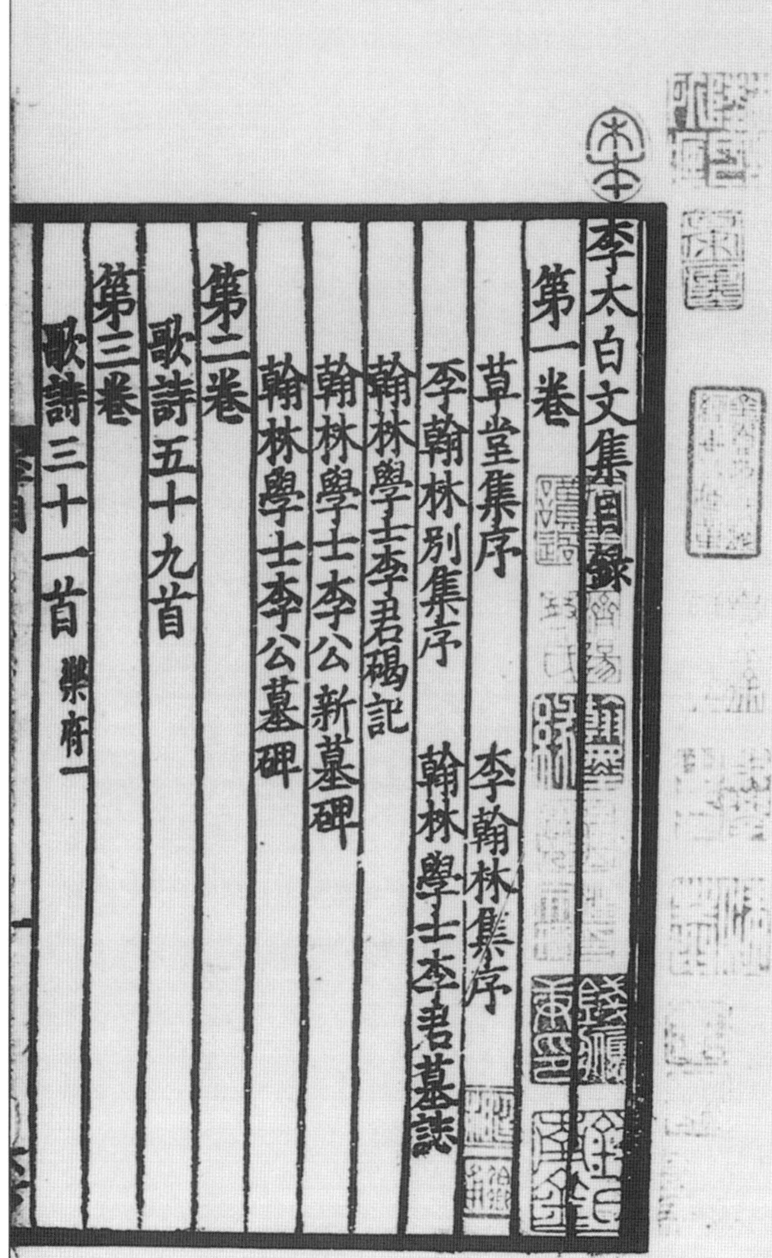

第一卷
草堂集序　李翰林集序
李翰林別集序　翰林學士李君墓誌
翰林學士李君碣記
翰林學士李公新墓碑
翰林學士李公墓碑
第二卷
歌詩五十九首
第三卷
歌詩三十一首　樂府一

遠別離　公無渡河
蜀道難　梁甫吟
烏夜啼　烏棲曲
戰城南　將進酒
行行且遊獵篇　飛龍引
天馬歌　行路難 三首
長相思　上留田
春日行　前有樽酒行 二首
夜坐吟　野田黄雀行
箜篌謡　雉朝飛
上雲樂　夷則格上白鳩拂舞詞

日出入行　胡無人
北風行　俠客行
關山月
第四卷
歌詩四十首　樂府二
獨漉篇　登高丘而望遠海
陽春歌　陽叛兒
雙燕離　山人勸酒
于闐採花　鞠歌行
幽澗泉　王昭君　二首
中山孺子妾歌　荊州歌

設辟邪伎鼓吹雉子班曲辭
相逢行　古有所思
久別離　採蓮曲
白頭吟　臨江王節士歌
司馬將軍歌　君道曲
結襪子　結客少年場行
長干行　古朗月行
上之回　獨不見
白紵辭　鳴鴈行
妾薄命　幽州胡馬客歌
門有車馬客行　君子有所思行

東海有勇婦　黄葛篇

第五卷

歌詩五十六首 樂府三

白馬篇　鳳笙篇

怨歌行　塞下曲 六首

來日大難　塞上曲

王階怨　襄陽曲

大堤曲　宮中行樂詞

清平調詞　鼓吹入朝曲

秦女休行　秦女卷衣

東武吟　邯鄲才人嫁爲廝養卒婦

出自薊北門行　洛陽陌
北上行　短歌行
空城雀　發白馬
陌上桑　枯魚過河泣
丁都護歌　相逢行
千里思　樹中草
君馬黃　擬古
折楊柳　鳳凰曲
少年子　紫騮馬
少年行　白鼻騧
豫章行　沐浴子

第六巻

歌詩三十三首　樂府四

高句驪　靜夜思
渌水曲　鳳臺曲
猛虎行　從軍行
秋思　春思
秋思　子夜呉歌 春夏秋冬
春　夏
秋　冬
對酒　估客樂
少年行　擣衣篇

去婦詞　長歌行
長相思　襄陽歌
南都行　江上吟
侍從宜春苑奉詔賦歌
王壺吟　笑歌行
悲歌行　豳歌行
雲臺歌　元丹丘歌
豪士歌　燭照山水壁畫歌
白毫子歌

第七卷

歌詩六十八首　歌吟下

梁園吟　鳴皐歌
鳴皐歌餞從翁清　僧伽歌
白雲歌　金陵歌
勞勞亭歌　横江詞
西樓月下吟　東山吟
秋浦歌　粉圖山水歌
永王東巡歌　上皇西巡南京歌
峨眉山月歌　峨眉山月歌送蜀僧
赤壁歌　江夏行
懐仙歌　王真仙人詞
清溪行　五雲裘歌

臨路歌　壯士勤將軍名思齊歌
草書歌行　古意
山鷓鴣詞　和通塘曲

第八卷
歌詩四十一首　贈一
贈孟浩然　贈從兄浩
贈張公　淮海對雪
贈徐安宜　贈任城簿
早秋贈裴十七　贈范金鄉
贈王少府　東魯見狄博通
見京兆韋參軍　贈周處士

王真公主別館苦雨　贈韋祕書
贈韋侍御　贈薛校書
贈何七判官　讀諸葛武侯傳書懷
贈郭將軍　駕去溫泉宮後贈楊山人
溫泉侍從歸逢故人　贈裴十四
贈崔侍御　上李邕
述德兼陳情　雪讒贈友人 四言
贈參寥子　贈張司戶
贈清漳明府姪　贈臨洛縣令
贈郭季鷹　贈王大勸入山[illegible]居
贈王司士　贈盧徵君

贈新平少年　贈崔侍御
贈獨孤駙馬

第九卷

歌詩三十四首 贈二

贈焦鍊師　贈陽樊君
秋日鍊藥院鑷白髮贈元六兄
書情贈蔡舍人　憶舊遊贈馬少府
對雪獻從兄　訪道安陵遇蓋寰
雜言用投丹陽知巳　贈崔郎中
贈崔諮議　贈昇州王使君
贈別從甥高五　贈裴司馬

敘舊贈江陽宰　贈從孫義興宰
草創大還　贈崔司戶
贈宋少府　戲贈鄭溧陽
贈倩崖公
遊溧陽北湖亭望瓦屋山一作贈孟浩然
醉後贈高鎮　贈柳少府
贈崔秋浦三首　望九華山贈韋青陽
贈柳圓　聞謝楊兒吟猛虎詞
宿清溪主人　贈王判官
在水軍宴贈幕府諸侍御
贈潘侍御論錢少陽　贈武十七諤并序

第十卷

歌詩二十九首　贈三

贈張相　贈閭丘宿松
獄中上崔相　繫尋陽上崔相
中丞宋公脫余之囚參謀幕府
流夜郎贈辛判官　贈劉都使
贈常侍御　贈易秀才
流夜郎贈韋太守　席上贈史郎中
流夜郎半道承恩放還
贈賈舍人　博平鄭太守之武陵立馬贈別
江上贈竇長史　贈王漢陽

贈輔録事　贈韋南陵
贈別舍人弟之江南
贈盧司戸　贈從弟南平太守
醉後贈王歷陽　贈歷陽褚司馬
對雪醉後贈王歷陽

第十一巻

歌詩三十二首　贈四

贈宣城宇文太守　贈宣城趙太守
贈從弟宣州長史　書懷贈常賛府
於五松山贈常賛府　自梁園至敬亭山
贈友人　陳情贈友人

贈從弟　贈閭丘處士
贈錢徵君　贈靈源寺冲濬公
贈僧朝美　贈僧行融
贈胡公求白鷴　登敬亭山懷古
贈汪倫　避地剡中贈崔宣城
獻從叔當塗宰

寄上

桃花巖寄劉侍御　淮南臥病書懷
寄弄月溪吳山人　秋山
望終南山　夕霽杜陵登樓
秋夜宿龍門香山寺

春日獨坐　寄淮南友人
沙丘城下寄杜甫　聞丹丘子營石門幽居
第十二卷
歌詩四十首　寄下
淮陰書懷　聞王昌齡左遷
寄王屋山人　憶舊遊
月夜江行　宿白鷺洲
新林浦阻風　寄韋南陵
題情深樹　北山獨酌
寄當塗趙少府　寄東魯二稚子
獨酌青溪江石上　禪房懷友人

廬山謠　下尋陽城汎彭蠡
書情寄從弟昭　寄上吳王
寄王漢陽　春日歸山
流夜郎永華寺　夜郎至西塞驛
自漢陽病酒　望漢陽柳色
江夏寄輔錄事　早春寄王漢陽
江上寄巴東故人　江上寄元林宗
寄從弟　涇溪東亭
宣城九日聞崔侍御遊敬亭
寄崔侍御
涇溪南藍山下有落星潭可以卜築

早過漆林渡　遊敬亭寄崔侍御
三山望金陵　自金陵泝流過白璧山翫月

第十三卷
歌詩三十六首

別

宴別杜補闕范侍御　留別魯頌
別中都明府兄　夢遊天姥
留別曹南羣官　留別于逖裴十三
留別王司馬　留別金門知己
夜別張五　別蘇少府
留別劉少府　別元丹丘之淮陽

留別廣陵諸公　廣陵贈別
感時留別從兄從弟　別儲邕之剡中
留別金陵諸公　口號
金陵酒肆留別　白下亭留別
別東林寺僧　竄夜郎烏江留別
留別龔處士　贈別鄭判官
黃鶴樓送孟浩然
遊衡岳過漢陽雙松亭留別
別宋之悌　留別賈舍人
渡荆門送別　留別金陵崔侍御
別韋少府　別兒童入京

五松山別荀七　別山僧
贈別王山人
第十四卷
歌詩三十五首
送上
南陽送客　送張舍人之江東
送王屋山人　金陵訓翰林謫仙子
送當塗趙少府　送友人尋越中山水
送族弟之猕　送友人遊梅湖
送崔十二遊天竺寺　送楊山人歸天合
送温處士歸黄山　送方士趙叟之東平

送韓準裴政孔巢父還山
送楊少府赴選　對雪奉餞任城六父
送吳五之瑯琊　送竇明府還西京
送韋八之西京　送薛九被讒去魯
送族弟况之秦　送族弟凝
送張子還嵩陽　送魯郡劉長史
送族弟單父主簿　送杜二甫
送張十四遊河北　送裴大澤
灞陵行送別　送賀監歸四明應制
送竇司馬貶宜春　送羽林陶將軍
送程劉二侍御兼獨孤判官

送姪良携二妓赴會稽
送賀賓客歸越　送張遥之壽陽幕府

第十五卷

歌詩四十八首

送中

送裴十八歸嵩山　送族弟歸桂陽
送鄭灌從軍　送于十八應四子舉落第
送別　送族弟從軍
送梁公昌從信安王北征
送白利從金吾董將軍西征
送張秀才從軍　送崔度還吳

送祝八之江東　送侯十一
送二從弟赴舉　奉餞高尊師
送張十一遊東呉　送紀秀才遊越
送長沙陳太守　送楊燕之東魯
送蔡山人　送蕭三十一之魯中
送楊山人歸嵩山　送舿淑　三首
送岑徵君歸鳴皐山　送范山人歸太山
送韓侍御之廣德令　白雲歌送友人
送通禪師還隱靜寺　送友人
送別　江上送女道士遊南岳
送友人入蜀　送趙雲卿

送李青歸華陽川　送別
送趙十少府　送張秀才
尋陽送弟　餞校書叔雲
送王孝廉覲省　送杜秀芝舉入京

第十六卷

歌詩三十八首

送下

醉後送呂使君　送陳郎歸衡陽
送倩公歸漢東　送趙判官
送六判官往琵琶峽　送梁四歸東平
江夏送友人　送郗昂謫巴中

江夏送中丞　送宋少府入三峽
送二季之江東　送友人之羅浮
謝眺樓餞別　送劉副使入秦
涇川送族弟錞　五松山送殷淑
送崔氏昆季之江陵　登陵歊臺送族弟
送儲邕之武昌
訓荅上
訓談少府　訓贈挑竹書筒
東魯行荅汶上翁　早秋南樓訓竇公衡
山中荅俗人　荅友人贈烏紗帽
訓張司馬贈墨　荅迦葉司馬問白是何人

荅崔少府遊終南翠微寺
贈李十二左司郎中崔宗之
訓崔五郎中　以詩代書荅元丹丘
金門荅蘇秀才　訓王司馬閻正字對雪
訓贈斗酒雙魚　訓張卿南陵見贈
訓岑勛以詩見招　荅從弟過西園
訓王補闕
第十七卷
歌詩三十首
訓荅下
荅王十二寒夜獨酌有懷

詶裴侍御對雨感時　贈李十二
詶崔侍御　翫月金陵城西孫楚酒樓
江上荅崔宣城　荅族姪贈玉泉仙人掌茶
詶裴侍御留岫師彈琴
張相公出鎮荆州　醉後荅丁十八
荅裴侍御期月滿汎洞庭
荅高山人　荅杜秀才
詶韓侍御見招隱黄山
詶崔十五見招
遊宴上
遊南陽白水　遊南陽清泠泉

尋魯城北范居士失道
魯東門汎舟　秋獵孟諸夜歸東樓觀妓
遊太山　秋夜汎宴喜亭池
攜妓登梁王棲霞山　觀魚潭

第十八卷
歌詩四十首
遊宴下

與從姪遊天竺寺　同友人遊台越
下終南山　朝下過盧郎中
侍從遊宿温泉　南亭觀妓
春遊羅敷潭　春陪裴使君遊石娥溪

陪從祖汎鵲山湖　春日陪諸官宴北湖
宴鄭參卿山池　遊謝氏山亭
把酒問月　同族姪遊昌禪師山池
金陵鳳凰臺置酒　秋浦雪夜對酒
與周剛玉鏡潭宴別　遊秋浦白笴陂
宴陶家亭子　韋司馬樓舡觀妓
流夜郎至江夏宴興德寺南閣
汎沔州城南郎官湖　陪侍郎叔遊洞庭醉後
夜汎洞庭尋裴侍御清酌
陪族叔及賈舍人遊洞庭
宴楊執戰冶樓　銅官山醉後絶句

遊五松山　宣城青溪
遊涇川陵巖寺　遊水西
九日登山　九日
〻日龍山嶺　九月十日即事
陪族叔遊化城寺

第十九卷

歌詩三十六首

登覽

登錦城散花樓　登峨眉山
大庭庫　登單父半月臺
天台曉望　早望海霞邊

焦香山望松寥山　杜陵絶句
登太白峯　登邯鄲洪波臺
登廣武古戰場　登新平樓
謁老君廟　秋日登揚州西靈塔
登金陵冶城西北謝安墩
登瓦官閣　登梅岡望金陵
登金陵鳳皇臺　望廬山瀑布
望廬山五老峯　江上望皖公山
望黄鶴樓　望鸚鵡洲
九日登巴陵置酒望洞庭水草
秋登巴陵望洞庭　登岳陽樓

登開元寺西閣　與賈舍人龍興寺望澄湖
挂席上待月有懷　金陵望漢江
秋登宣城謝眺北樓　望天門山
望木瓜山　登敬亭北二小山
過崔八丈水亭

第二十卷
歌詩六十一首
行役

安州應城玉女湯作　之廣陵宿常二南部幽居
夜下征虜亭　下途歸石門
客中作　太原早秋

奔亡道中　郢門秋懷
至鴨欄驛　荊門浮舟望蜀江
上三峽　自巴東舟行經瞿唐峽
早發白帝城　秋下荊門
江行寄遠　宿五松山下荀媼家
下涇縣陵陽溪至澁灘
下陵陽沿高溪三門六剌灘
夜泊黃山聞殷十四吳吟　宿鰕湖
懷古
西施　王右軍
上元夫人　蘇臺覽古

越中覽古　商山四皓
過四皓墓　峴山懷古
自廣平至邯鄲登城樓覽古書懷
蘇武　經下邳圯橋懷張子房
月夜金陵懷古　金陵三首
秋夜板橋浦汎月懷謝朓
金陵新亭　過彭蠡湖
入彭蠡經松門觀石鏡懷謝康樂
廬江主人婦　陪宋中丞夜飲懷古
望鸚鵡洲悲禰衡　宿巫山下
金陵白楊十字巷　謝公亭

絕南陵題五松山　夜泊牛渚懷古
姑熟十詠
姑熟谿　丹陽湖
謝公宅　陵敲臺
桓公井　慈姥竹
望夫山　牛渚磯
靈墟山　天門山

第二十一卷
歌詩四十七首
閑適
與元丹丘談玄　尋高鳳石門山中元丹丘

般若寺水閣納凉　東樓醉起
醉題屈突明府廳　月下獨酌
春歸終南山松龍舊隱
冬夜醉宿龍門　尋山僧不遇
過汪氏別業　待酒不至
獨酌　友人會宿
春日獨酌　金陵江上遇隱者
月夜聽彈琴　青溪半夜聞笛
山中忽然有懷　夏日山中
山中與幽人對酌　春日醉起
東林寺夜懷　尋雍尊師隱居

聽黃鶴樓上吹笛　對酒
醉題王漢陽廳　朝王歷陽不肯飲酒
獨坐敬亭山　自遣
訪戴天山道士不遇
秋日與張少府楚城韋公藏書高齋
懷思
秋夜懷故山　憶崔郎中遊南陽遺孔子琴
憶東山　望月有懷
對酒憶賀監　重憶一首
春滯沅湘有懷山中　落日憶山中
憶秋浦桃花舊遊

第二十二巻

歌詩四十五首

感遇

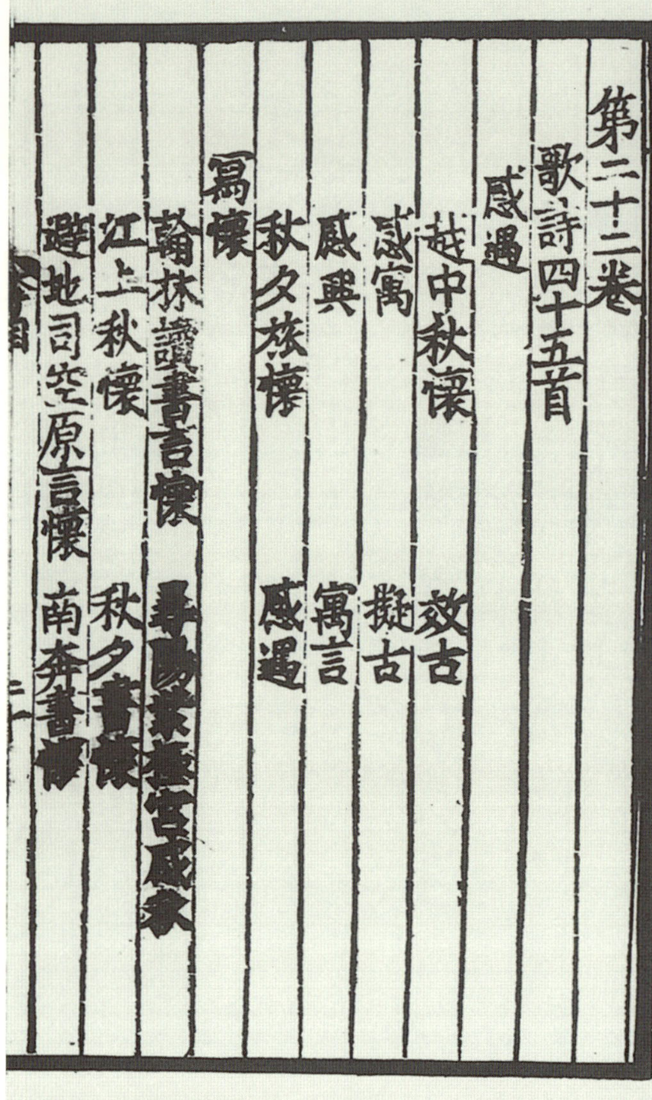

越中秋懐　效古
感寓　擬古
感興　寓言
秋夕旅懐　感遇
寫懐
翰林讀書言懐　尋陽紫極宮感秋
江上秋懐　秋夕書懐
避地司空原言懐　南奔書懐

上崔相百憂章　萬憤詞
荊州賊亂臨洞庭言懷
覽鏡書懷　田園言懷
江南春懷

第二十三卷

歌詩五十三首

詠物

聽蜀僧濬彈琴　魯東門觀刈蒲
詠鄰女東窗海石榴
南軒松　詠山樽
尋王侍御不遇詠壁上鸚鵡

紫藤樹　觀放白鷹
觀博平王山水粉圖　題崔明府丹竈
觀元丹丘坐巫山屏風
求崔山人瀑布圖
見野草中有名白頭翁者
流夜郎題葵葉　瑩禪師房觀山海圖
白鷺鷥　詠桂 二首
白胡桃　巫山枕障
庭前晩開花　宣城長史贈琴雙舞鶴

題詠

題紫陽先生壁　題元丹丘山居

題元丹丘潁陽山居　題瓜洲新河
洗脚亭　勞勞亭
題王處士水亭　題嵩山元丹丘山居
題江夏脩靜寺　改九子山爲九華山聯句
題宛溪館　題東谿公幽居
雜詠
嘲魯儒　懼讒
觀獵　觀胡人吹笛
軍行　從軍行
平虜將軍妻　春夜洛城聞笛
嵩山採菖蒲者　金陵聽韓侍御吹笛

流夜郎聞酺不預　放後遇恩不霑
宣城見杜鵑花　自田馬上聞鷰
擬酒　三五七言
雜詩

第二十四卷

歌詩六十二首

閨情
寄遠　長信宮
長門怨　春怨
代贈遠　陌上贈美人
閨情　代別情人

代秋情　對酒
怨情　湖邊採蓮婦
怨情　代寄情人楚詞體
學古思邊　思邊
口號吳王舞人半醉
折荷有贈　代美人愁鏡
贈段七娘　別内赴徵 三首
秋浦寄内　自代内贈
秋浦感主人歸燕寄内
送内尋廬山女道士　贈内
在潯陽非所寄内　南流夜郎寄内

越女詞　浣沙石上女
示金陵子　出妓金陵子
巴女詞
哀傷
哭晁卿衡　自溧水道哭王炎
哭宣城善釀紀叟　宣城哭蔣徵君華

第二十五卷

古賦
明堂賦　大獵賦
大鵬賦　劍閣賦
擬恨賦　惜餘春賦

愁陽春賦　悲清秋賦

第二十六卷

表

爲吴王謝責赴行在遲滯表

爲宋中丞請都金陵表

爲宋中丞自薦表

書

代壽山荅孟少府移文書

上安州李長史書

與賈少公書

爲趙宣城與楊右相書

與韓荊州朝宗書
上安州裴長史書

第二十七卷

序

送張祖監丞之東都序
奉餞十七翁二十四翁尋桃花源序
陪司馬武公宴姑熟亭序
江夏送林公上人遊衡嶽序
金陵送權十一序
姑熟亭送趙少府序
敬亭送從姪遊廬山序

送黄鍾之鄱陽序　送蔡十還家雲夢序
餞陽曲王賛　江夏送倩公歸漢東序
餞李副使移軍廣陵序
澤畔吟序　登汝州龍興閣序
送孟賛府兄還都序
春夜宴桃花園序
隨州湌霞樓送烟子元隱仙城山序
送戴十五歸衡嶽序
送傅八之江南序　送從弟京兆參軍之淮南

第二十八卷

讃

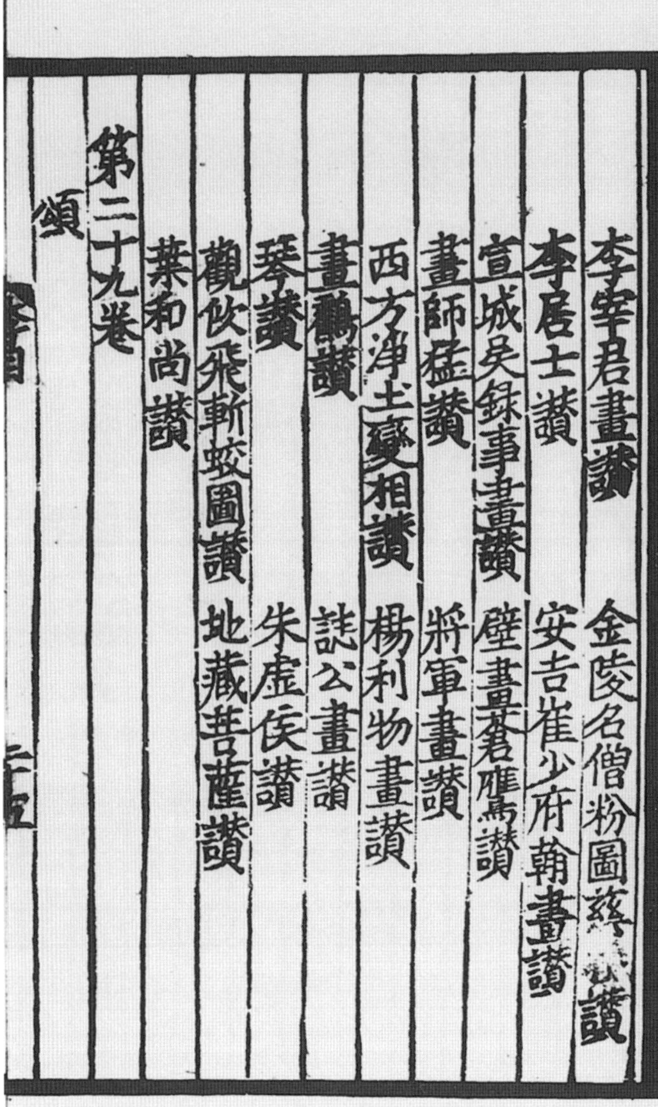

李宰君畫讚　金陵名僧粉圖慈親讚

李居士讚　安吉崔少府翰畫讚

宣城吳錄事畫讚　壁畫蒼鷹讚

畫師猛讚　將軍畫讚

西方淨土變相讚　楊利物畫讚

畫鶴讚　誌公畫讚

琴讚　朱虛侯讚

觀佽飛斬蛟圖讚　地藏菩薩讚

葉和尚讚

第二十九卷

頌

趙公西候亭頌
佛頂尊勝陀羅尼幢頌
銘
化城寺大鐘銘
天門山銘
記
任城縣廳壁記
第三十卷
碑
比干碑　韋公德政碑
貞義女碑銘　武昌宰韓君去思碑

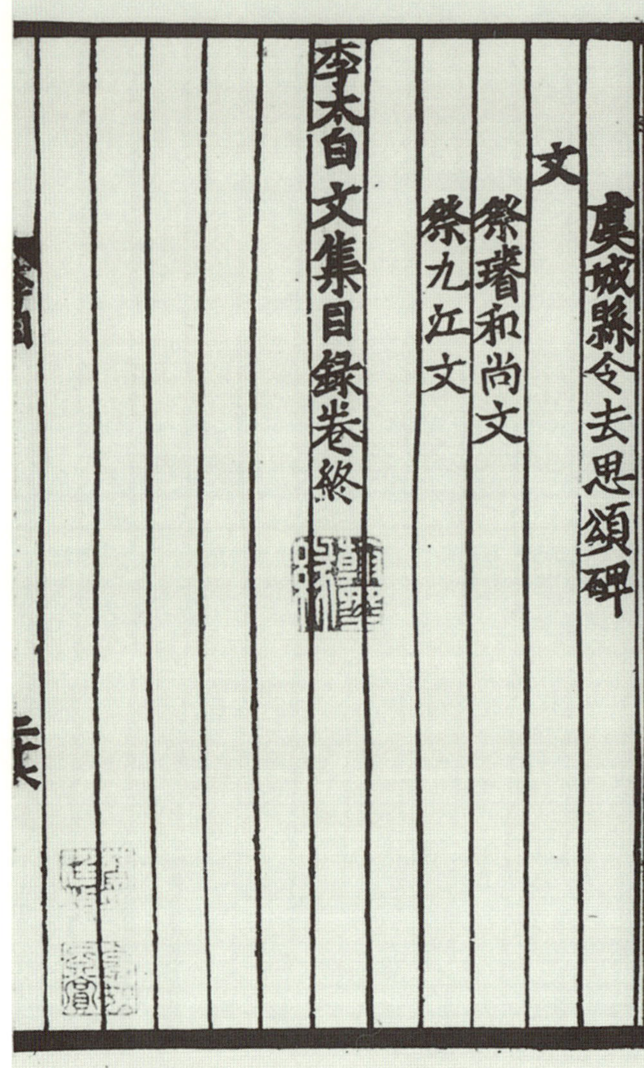

虞城縣令去思頌碑
文
祭璿和尚文
祭九江文

李太白文集目錄卷終

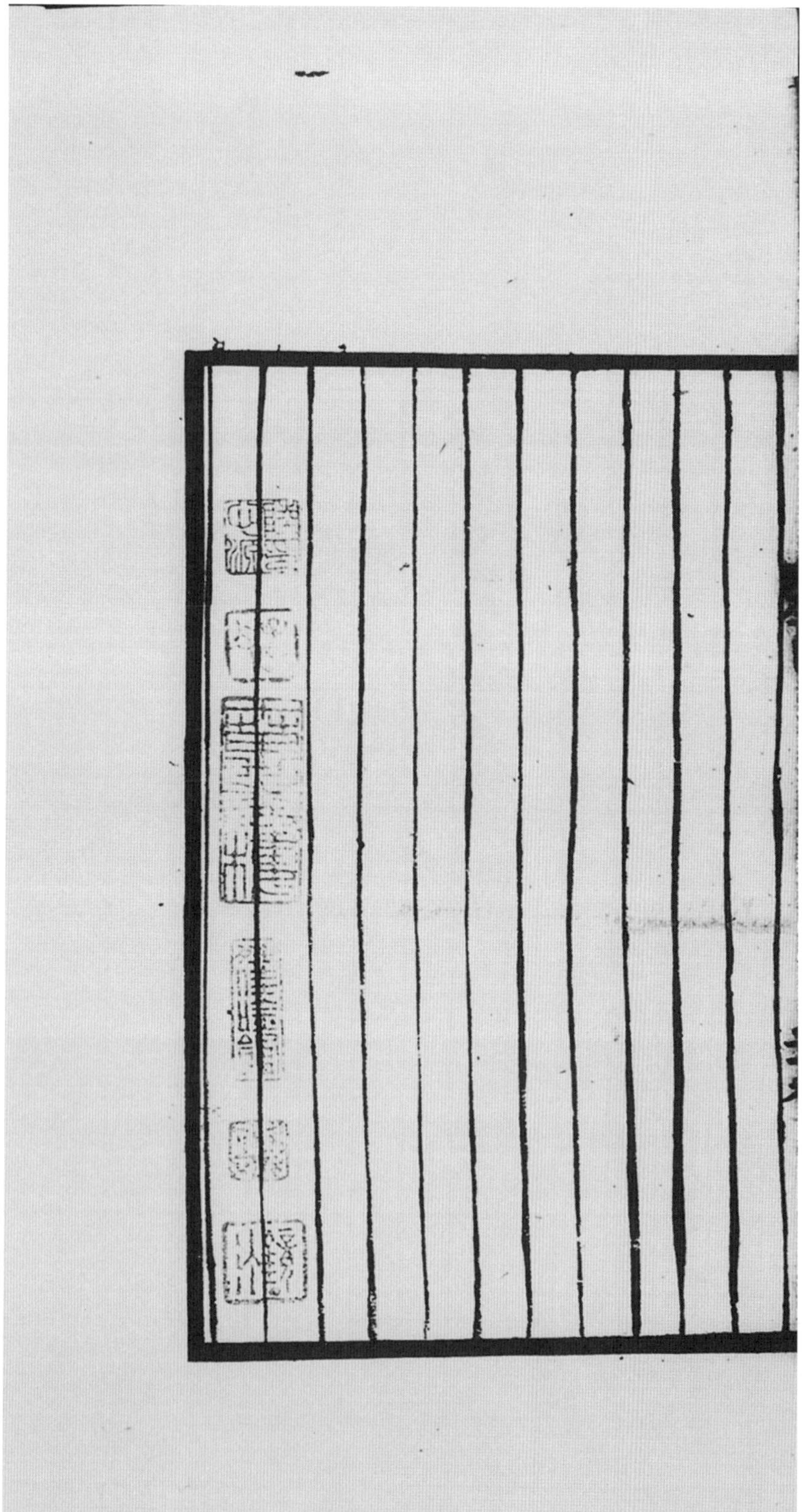

196
12
5 13
二

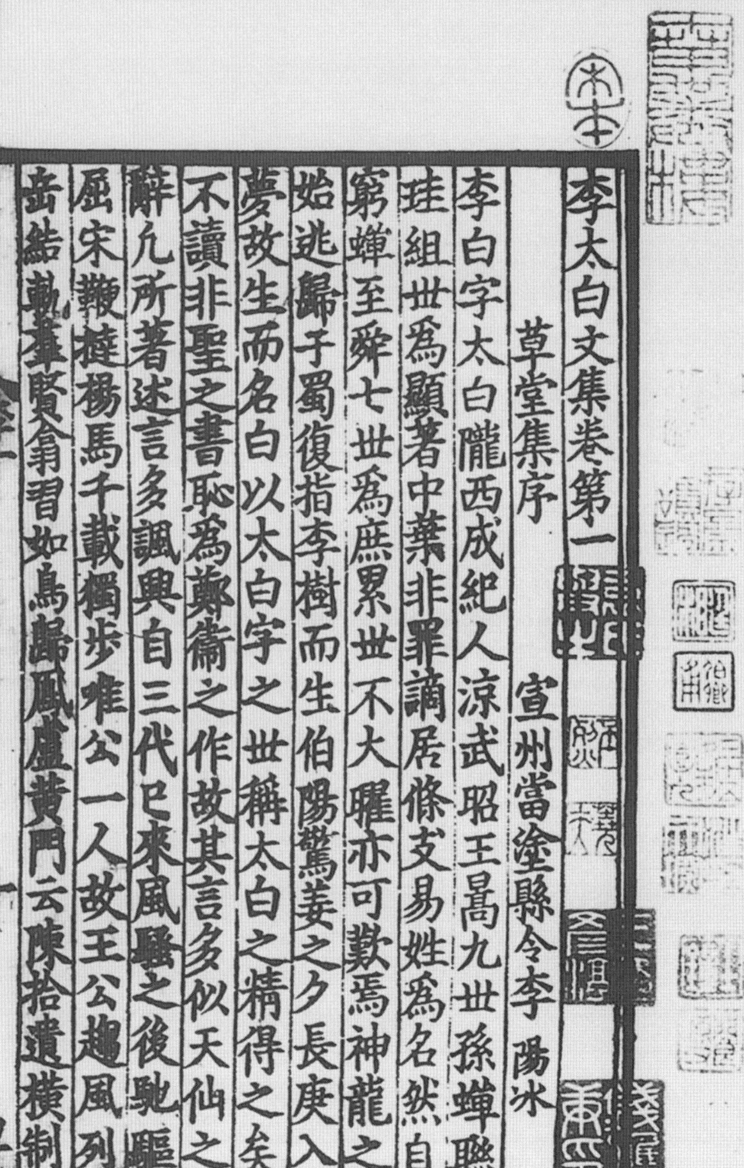

李太白文集卷第一

草堂集序

宣州當塗縣令李　陽冰

李白字太白隴西成紀人涼武昭王暠九世孫蟬聯珪組世爲顯著中葉非罪謫居條支易姓爲名然自窮蟬至舜七世爲庶累世不大曜亦可歎焉神龍之始逃歸于蜀復指李樹而生伯陽驚姜之夕長庚入夢故生而名白以太白字之世稱太白之精得之矣不讀非聖之書恥爲鄭衛之作故其言多似天仙之辭凡所著述言多諷興自三代已來風騷之後馳驅屈宋鞭撻揚馬千載獨步唯公一人故王公趨風列岳結軌羣賢翕習如鳥歸鳳盧黄門云陳拾遺橫制

頽波天下質文翕然一變至今朝詩體尚有梁陳宮
掖之風至公大變掃地併盡今古文集遏而不行唯
公文章横被六合可謂力敵造化歟天寶中皇祖下
詔徵就金馬降輦步迎如見綺皓以七寶牀賜食御
手調羹以飯之謂曰卿是布衣名爲朕知非素畜道
義何以及此置于金鑾殿出入翰林中問以國政潛
草詔誥人無知者醜正同列害能成謗格言不入帝
用疎之公乃浪跡縱酒以自昏穢詠謌之際屢稱東
山又與賀知章崔宗之等自爲八仙之遊謂公謫仙
人朝列賦謫仙之謌凡數百首多言公之不得意天
子知其不可留乃賜金歸之遂就從祖陳留採訪大

使彥允請北海高天師授道籙於齊州紫極宮將東
歸蓬萊仍羽人駕丹丘耳陽冰試絃歌於當塗心非
所好公遐不棄我扁舟而相歡臨當挂冠公又疾亟
草藁萬卷手集未修枕上授簡俾余為序論關雎之
義始愧卜商明春秋之辭終慙杜預自中原有事公
避地八年當時著述十喪其九今所存者皆得之他
人焉時寶應元年十一月乙酉也

李翰林集序　前進士魏顥

自盤古劃天地天地之氣艮于西南劒門上斷橫江
下絕岷峨之曲別為錦川蜀之人無聞則已聞則傑
出是生相如君平王褒揚雄降有陳子昂李白皆五

百年矣白本隴西乃放形因家於綿身既生蜀則江
山英秀伏羲造書契後文章濫觴者六經六經糟粕
離騷離騷糠粃建安七子七子至白中有蘭芳情理
宛約詞句妍麗白與古人爭長三字九言鬼出神入
瞠若乎後耳白久居峨眉與丹丘因持盈法師達白
亦因之入翰林名動京師大鵬賦時家藏一本故賓
客賀公奇白風骨呼爲謫仙子由是朝廷作歌數百
篇上皇豫游召白白時爲貴門邀飲比至半醉令製
出師詔不草而成許中書舍人以張垍讒逐游海岱
間年五十餘尚無禄位禄位拘常人横海鵰負天鵬
豈池籠榮之顯婚名萬次名炎萬之日不遠命駕江

東訪白游天台還廣陵見之眸子炯然哆如餓虎或
時束帶風流醖藉曾受道籙于齊有青綺冠帔一副
少任俠手刃數人與友自荊徂楊路亡權窆廻棹方
暑亡友糜潰白收其骨江路而舟又長揖韓荊州荊
州延飲白慠拜韓讓之白曰酒以成禮荊州大悅白
始娶于許生一女二男曰明月奴女既嫁而卒又合
于劉劉訣次合于魯一婦人生子曰頗黎終娶于宋
間攜昭陽金陵之妓迹類謝康樂世号爲李東山駿
馬美妾所適二千石郊迎飲數斗醉則奴丹砂撫青
海波滿堂不樂白宰酒則樂顥平生自負人或爲狂
白相見泯合有贈之作謂余尔後必著大名於天下

無忘老夫與明月奴因盡出其文命顥爲集顥今登
第豈符言耶解携明年四海大盜宗室有潭者白陷
焉謫居夜郎罪不至此屢經昭洗朝廷忍白久爲長
沙汨羅之儔路遠不存否極則泰白宜自寬吾觀白
之文義有濟代命然千鈞之弩魏王大瓠用之有時
議者奈何以白有叔夜之短黨黄祖過禰晉帝罪阮
古無其賢所謂仲尼不假蓋於子夏經亂離白章句
蕩盡上元末顥於絳偶然得之沉吟累年一字不下
今日懷舊援筆成序首以贈顥作顥訓白詩不忘故
人也次以大鵬賦古樂府諸篇積薪而録文有差互
者兩舉之白未絶筆吾其再刊付男平津子掌其他

事跡存於後序

李翰林別集序

朝散大夫行尚書職方員外郎直史館上

柱國樂史

李翰林歌詩李陽冰纂爲草堂集十卷史又別收歌詩十卷與草堂集互有得失因校勘排爲二十卷號曰李翰林集今於三館中得李白賦序表讚書頌等亦排爲十卷號曰李翰林別集翰林在唐天寶中賀秘監聞於明皇帝召見金鑾殿降步輦迎如見綺皓草和蕃書思若懸河帝嘉之七寶方丈賜食於前御手調羹於是置之金鑾殿出入翰林中其諸事跡草

臺集序范傳正撰新墓碑亦略而詳矣史又撰李白
傳一卷事又稍周然有三事近方得之開元中禁中
初重木芍藥即今牡丹也開元天寶花木記云禁中呼木芍藥爲牡丹得
四本紅紫淺紅通白者上因移植於興慶池東沉香
亭前會花方繁開上乘照夜車太真妃以步輦從詔
選梨園弟子中尤者得樂一十六色李龜年以歌擅
一時之名手捧檀板押衆樂前將欲歌之上曰賞名
花對妃子焉用舊樂辭焉遽命龜年持金花牋宣賜
翰林供奉李白立進清平調詞三章白欣然承詔旨
由若宿醒未解因援筆賦之其一曰雲想衣裳花想
容春風拂檻露華濃若非羣玉山頭見會向瑤臺月

下逢其二曰一枝紅艷露凝香雲雨巫山枉斷腸借
問漢宮誰得似可憐飛燕倚新粧其三曰名花傾國
兩相歡長得君王帶笑看解釋春風無限恨沉香亭
北倚闌干龜年以歌辭進上命梨園弟子略約調撫
絲竹遂促龜年以歌之太真妃持頗梨七寶杯酌西
涼州蒲萄酒笑領歌辭意甚厚上因調玉笛以倚曲
每曲徧將換則遲其聲以媚之太真妃飲罷斂繡巾
重拜上自是顧李翰林尤異於諸學士會高力士終
以脫靴爲深恥異日太真妃重吟前辭力士曰始爲
妃子怨李白深入骨髓何翻拳拳如是耶太真妃因
驚曰何翰林學士能辱人如斯力士曰以飛燕指

妃子賤之甚矣太真妃頗深然之上嘗三欲命李白官卒爲宮中所捍而止白嘗有知鑒客并州識汾陽王郭子儀於行伍間爲脫其刑責而獎重之及翰林坐永王之事汾陽功成請以官爵贖翰林上許之因而免誅翰林之知人如此汾陽之報德如彼白之從弟令問常目白曰兄心肝五臟皆錦繡耶不然何開口成文揮翰霧散耳傳中漏此三事今書於序中白有歌云吟詩作賦北窻裏萬言不及一杯水蓋歎乎有其時而無其位嗚呼以翰林之才名遇玄宗之知見而乃飄零如是宋中丞薦於聖真云一命不霑四海稱屈得非命歟白居易贈劉禹錫詩云詩稱國手

徒爲爾命壓人頭不奈何斯言不虛矣凡百有位無
自輕焉撰集之次聊存梗槩而已時在饒雷州中咸
平元年三月三日序

故翰林學士李君墓誌 并序　李　華

嗚呼姑孰東南青山北址有唐高士李白之墓嗚呼
哀哉夫仁以安物公其懋焉義以濟難公其志焉識
以辯理公其博焉文以宣志公其懿焉宜其上爲王
師下爲伯友年六十有二不偶賦臨終歌而卒悲夫
聖以立德賢以立言道以恒世言以經俗雖曰死矣
吾不謂其亡矣也有子曰伯禽天然長能持幼能辯
數梯公之德必將大其名也已矣銘曰

立徳謂聖立言謂賢嗟君之道竒於人而侔於天哀哉

唐故翰林學士李君碣記

尚書膳部員外郎劉全白撰

朝議郎行當塗縣令顧遊秦建

君名白廣漢人性倜儻好縱横術善賦詩才調逸邁
往往興會屬詞恐古之善詩者亦不逮尤工古歌少
任俠不事産業名聞京師天寶初玄宗辟翰林待詔
因爲和蕃書并上宣唐鴻猷一篇上重之欲以綸誥
之任委之同列者所謗詔令歸山遂浪跡天下以詩酒
自適又志尚道術謂神仙可致不求小官以當世之
務自負流離轗軻竟無所成名有子名伯禽偶遊至

此遂以疾終因葬於此文集亦無定卷家家有之代宗登極廣拔淹瘁時君亦拜拾遺聞命之後君亦逝矣嗚呼與其才不與其命悲夫全白幼則以詩爲君所知及此投弔荒墳將毀追想音容悲不能止邑有賢宰顧公遊秦志好爲詩亦常慕效李君氣調因嗟盛才冥寞遂表墓式墳乃題貞石葺傳於往來也貞元六年四月七日記沙門履文書墳去墓記一百二十步

唐左拾遺翰林學士李公新墓碑 并序

宣歙池等州觀察使范傳正

騏驎筋力成意在萬里外歷塊一蹶斃於空谷唯餘

駿骨價重千金大鵬羽翼張勢欲摩穹昊天風不來
海波不起塌翅別島空留大名人亦有之故左拾遺
翰林學士李公之謂矣公名白字太白其先隴西成
紀人絶嗣之家難求譜諜公之孫女搜於箱篋中得
公之亡子伯禽手疏十數行紙壞字缺不能詳備約
而計之凉武昭王九代孫也隋末多難一房被竄于
碎葉流離散落隱易姓名故自國朝已來編於屬籍
神龍初潜還廣漢因僑爲郡人父客以逋其邑遂以
客爲名高臥雲林不求祿仕公之生也先府君指天
枝以復姓先夫人夢長庚而告祥名之與字咸所取
象受五行之剛氣叔夜心高挺三蜀之雄才相如文

逸瓌奇宏廓拔俗無類少以俠自任而門多長者車常欲一鳴驚人一飛冲天彼漸陸遷喬皆不能也由是慷慨自負不拘常調器度弘大聲聞于天天寳初召見於金鑾殿玄宗明皇帝降輦歩迎如見園綺論當世務草荅蕃書辯如懸河筆不停綴玄宗嘉之以寳牀方丈賜食於前御手和羹徳音襃美褐衣恩遇前無比儔遂直翰林專掌密命將處司言之任多陪侍從之遊他日泛白蓮池公不在宴皇歡既洽召公作序時公已被酒於翰苑中仍命高將軍扶以登舟優寵如是既而上疏請還舊山玄宗甚愛其才或慮乗醉出入省中不能不言温室樹恐掇後患惜而遂

之公以爲千鈞之弩一發不中則當摧撞折牙而永
息機用安能傚碌碌若蘇而復上哉脫屣軒冕釋羈
韁鎖因肆情性大放宇宙間飲酒非嗜其酣樂取其
昏以自富作詩非事於文律取其吟以自適好神仙
非慕其輕舉將不可求之事求之欲耗壯心遣餘年
也在長安時秘書監賀知章号公爲謫仙人吟公烏
栖曲云此詩可以哭鬼神矣時人又以公及賀監汝
陽王崔宗之裴周南等八人爲酒中八仙朝列賦謫
仙歌百餘首俄屬戎馬生郊遠身海上往來於斗牛
之分優游没身偶乗扁舟一日千里或遇勝境終年
不移時長江遠山一泉一石無往而不自得也晚歲

渡牛渚磯至姑熟悅謝家青山有終焉之志盤桓利
居竟卒於此其生也聖朝之高士其往也當塗之旅
人代宗之初搜羅俊逸拜公左拾遺制下於彤庭禮
降於玄壤生不及祿歿而稱官嗚呼命歟傳正生唐
代甲子相懸常於先大夫文字中見與公有潯陽夜
宴詩則知與公有通家之舊早於人間得公遺篇逸
句吟詠在口無何叨蒙恩獎廉問宣池按圖得公之
墳墓在當塗邑因令禁樵採備灑掃訪公之子孫故
申慰薦凡三四年乃獲孫女二人一為陳雲之室一
乃劉勸之妻皆編戶甿也因召至郡庭相見與語衣
服村落形容朴野而進退閑雅應對詳諦且祖德如

在儒風䆠然問其所以則曰父伯禽以貞元八年不
禄而卒有兄一人出遊一十二年不知所在父存無
官父殁爲民有兄不相保爲天下之窮人無桑以自
蠶非不知機杼無田以自力非不知稼穡況婦人不
任布裙糲食何所仰給儷于農夫救死而已久不敢
聞於縣官懼辱祖考鄉閭逼迫忍恥來告言訖淚下
余亦對之泣然因云先祖志在青山遺言宅兆頃屬
多故殯於龍山東麓地近而非本意墳高三尺日益
摧圮力且不及知如之何聞之憫然將遂其請因當
塗令諸葛縱會計在州得諭其事縱亦好事者學爲
歌詩樂聞其語便道還縣躬相地形卜新宅于青山

之陽以元和十二年正月二十三日遷神于此遂公
之志也西去舊墳六里南抵驛路三百歩北倚謝公
山即青山也天寶十二載勅改名焉因告二女将改
適於士族皆曰夫妻之道命也亦分也在孤窮既失
身於下俚仗威力乃求援於他門生縱偷安死何面
目見大父於地下欲敗其類所不忍聞余亦嘉之不
奪其志復井税免傜役而已今士大夫之葬必誌於
墓有勳庸道德之家兼樹碑于道余才術貧虚不能
兩致今作新墓銘輒刋二石一寘于泉扃一表于道
（一作通）路亦峴首漢川之義也庶芳聲之不泯焉文集二
十卷或得之於時之文士或得之於宗族編緝斷簡

以行于代銘曰

嵩嶽降神是生輔臣蓬萊譴真斯爲逸人晋有七賢
唐稱八仙應彼星象唯公一焉晦以麴蘖暢於文篇
萬象奔走乎筆端萬慮泯滅乎罇前臥必酒甕行惟
酒船吟風詠月席地幕天但貴乎適其所適不知夫
所以然而然至今尚疑其醉在千日寧審乎壽終百
年謝家山兮李公墓異代詩流同此路舊墳卑庳風
雨侵新宅爽塏松柏林故鄉萬里且無嗣二女從民
永於此猗歟琢石爲二碑一藏幽隧一臨岐岸深谷
高變化時一存一毀名不虧

翰林學士李公墓碑

前守秘書省校書郎裴敬

李翰林名白字太白以詩著名召入翰林世稱才名占得翰林他人不復爭先其後以脅從得罪旣免遂放浪江南死宣城葬當塗青山下李陽冰序詩集粗具行止嘗遊江表過其墓下愛其才壯其氣味其嗜酒知其取適作碑於墓且曰先生得天地秀氣耶不然何異於常之人耶或曰太白之精下降故字太白故賀監號爲謫仙不其然乎故爲詩格高旨遠若在天上物外神仙會集雲行鶴駕想見飄然之狀視塵中屑屑米粒蟲睫紛擾菌蠢羈絏蹂躪之比又嘗有知鑒客幷州識郭汾陽於行伍間爲免脫其刑責

而獎重之後汾陽以功成官爵請贖翰林上許之因
免誅其報也又常心許劒舞裴將軍子曾叔祖也嘗
投書曰如白願出將軍門下其文高其氣雄世稱其
本懼失其傳故序傳之大和初文宗皇帝命翰林學
士爲三絶贊公之詩歌與將軍劒舞伯張旭長史草
書爲三絶夫天付上才必同靈氣賢傑相投龍虎兩
合可爲知者言非常人所知也夫古以名德稱占其
官謚者甚夥前以詩稱者若謝吏部何水部陶彭澤
鮑參軍之類唐朝以詩稱若王江寧宋考功韋蘇州
王右丞杜員外之類以文稱者若陳拾遺蘇司業元
容州蕭功曹韓吏部之類以德行稱者元魯山陽道

州以直稱者魏文貞狄梁公以忠烈稱者顔魯公昃
太尉以武稱者李衛公英公以學行文翰俱稱者虞
秘監唐之得人於斯爲盛翰林其以詩稱之一也子、
嘗過當塗訪翰林舊宅又於浮圖寺化城之僧得翰
林自寫訪賀監不遇詩云東山無賀老却棹酒舡回
味之不足重之爲寶用獻知者又於歷陽郡得翰林
與劉尊師書一紙思高筆逸又嘗遊上元蔣山寺見
翰林讃志公云水中之月了不可取刀齊尺量扇迷
陳語文簡事備誠爲作者附於此云會昌三年二月
中旬自淠水草堂南遊江左過公墓下四過青山兩
發塗口徘徊不忍去與前濮州鄄城縣尉李劭同以

公服拜其墓問其墓左人畢元宥實備洒掃留縣帛
具酒饌祭公知公無孫有孫女二人一娶劉勸一娶
陳雲皆農夫也且曰二孫女不拜墓已五六年矣因
告邑宰李君都傑請免畢元宥力役俾專洒掃事噫
享名甚高後事何薄謝公舊井新墓角落青山白雲
共爲蕭索巨竹拱墓如公卓犖天長地久其名不朽
此爲祭文寫授元宥又爲碑曰
貴盡皆然名存則難故予重名不重官作李翰林碑
十五字而已

李翰林文集卷第一

李太白文集卷第二

歌詩五十九首

古風上

古風五十九首

大雅久不作吾衰竟誰陳王風委蔓草戰國多荆榛龍虎相啖食兵戈逮狂秦正聲何微茫哀怨起騷人揚馬激頹波開流蕩無垠廢興雖萬變憲章亦已淪自從一作逮蹤建安來綺麗不足珍聖代復元古垂衣貴清真羣才屬休明乘運共躍鱗文質相炳煥衆星羅秋旻我志在删述重輝映千春希聖如有立絶筆於獲

蟾蜍薄太清蝕此瑤臺月圓光虧中天金魄遂淪沒
螮蝀入紫微大明夷朝暉浮雲隔兩曜萬象昏陰霏
蕭蕭長門宮昔是今已非桂蠹花不實天霜下嚴威
沉歎終永夕感我涕沾衣
秦皇掃六合虎視何雄哉揮劍決浮雲諸侯盡西來
明斷自天啓（一作雄圖發英斷）大略駕羣才收兵鑄金人函谷
正東開銘功會稽嶺騁望琅邪臺刑徒七十萬起土
驪山隈尚採不死藥茫然使心（一作人）哀連弩射海魚長
鯨正崔嵬額鼻象五嶽揚波噴雲雷鬐鬣蔽青天何
由覩蓬萊徐氏載秦女樓船幾時回但見三泉下金
棺葬寒灰

鳳飛九千仞五章備綵珍　銜書且虛歸空入周與秦
横絶歷四海所居未得鄰吾營紫河車千載落風塵
藥物祕海嶽採鉛青溪濱時登大樓山舉首望仙真
羽駕滅去影飆車絶回輪尚恐丹液遲志願不及申
徒霜鏡中髮羞彼鶴上人桃李何處開此花非我春
唯應清都境長與韓衆親

太白何蒼蒼星辰上森列去天三百里邈爾與世絶
中有緑髮翁披雲（一作春）臥松雪不笑亦不語冥棲在
巖穴我來逢真人長跪問寶訣粲然忽自哂（一作啓玉齒）授
以錬藥説銘骨傳其語竦身已電滅仰望不可及蒼
然五情熱吾將營丹砂永與世人別

代馬不思越越禽不戀燕情性有所習土風固其然
昔別鴈門關今戍龍庭前驚沙亂海日飛雪迷胡天
蟣蝨生虎鶡心魂逐旌旃苦戰功不賞忠誠難可宣
誰憐李飛將白首沒三邊

客有鶴上仙飛飛凌太清揚言碧雲裏自道安期名
兩兩白玉童雙吹紫鸞笙去影忽不見回風送天聲
舉首遠望之一作我欲一問之飄然若流星願飡金光草壽與
天齊傾一作五鶴西北來飛飛凌太清仙人綠雲上自道安期名兩兩白玉童雙吹紫鸞笙飄然下倒景倏忽無留行遺我金光草服之四體輕將隨赤松去對博坐蓬瀛

莊周夢蝴蝶蝴蝶為莊周一體更變易萬事良悠悠
乃一作耶知蓬萊水復作清淺流青門種瓜人舊日東陵

侯富貴固（一作苟）如此營營何所求
齊有倜儻生魯連特高妙明月出海底一朝開光曜
却秦振英聲後世仰末照意輕千金贈顧向平原笑
吾亦澹蕩人拂衣可同調
黃河走東溟白日落西海逝川與流光飄忽不相待
春容捨我去秋髮已衰改人生非寒松年皃（一作顏色）豈長
在吾當乘雲螭吸景駐光彩（一作誰能學天飛三秀與君採）
松柏本孤直難爲桃李顏昭昭嚴子陵垂釣滄波間
身將客星隱心與浮雲閑長揖萬乘君還歸富春山
清風灑六合邈然不可攀使我長歎息冥棲巖石間
君平旣棄世世亦棄君平觀變窮太易探元（一作玄）化羣

生寂寞綴道論（一作真道）空簾閉幽情（一作情）騶虞不虛（一作復）來
鸑鷟有時鳴安知天漢上白日懸高名海客去已久
誰人（一作能）測沉冥
胡關饒風沙蕭索（一作[illegible]）竟終古歲落秋草黃登高望戎
虜荒城空大漠邊邑無遺堵白骨橫千霜嵯峨蔽榛
莽借問誰陵虐天驕毒威武赫怒我聖皇勞師事鼙
鼓陽和變殺氣發卒騷中土三十六萬人哀哀淚如
雨且悲就行役安得營農圃不見征戍兒豈知關山
苦（一本此下係爭鋒徒死節秉鉞皆庸豎戰士塗蒿萊將軍獲圭組四句）李牧今不在（一作今不在衞霍）
邊人飼豺虎
燕趙延郭隗遂築黃金臺劇辛方趙至（一作往）鄒衍復齊

來奈何青雲士棄我如塵埃珠玉買歌笑糟糠養賢
才方知黃鶴舉千里獨徘徊
金華牧羊兒乃是紫煙客我願從之遊未去髮已白
不知繁華(一作朱顏)子擾擾何所迫崑山採瓊蕊(一作蘂)可以鍊
精魄
天津三月時千門桃與李朝爲斷腸花暮逐東流水
前水復(一作非)後水古今相續流新(一作今)人非舊人年年橋
上遊雞鳴海色動謁帝羅公侯月落西上陽(一作上陽西)餘
輝半城樓衣冠照雲日朝下散皇州鞍馬如飛龍黃
金絡馬頭行人皆闢易志氣橫嵩丘入門上高堂列
鼎錯珍羞香風引趙舞清管隨齊謳七十紫鴛鴦雙

雙戲庭幽行樂爭晝夜自言度千秋功成身不退自
古多愆尤黃犬空歎息綠珠成釁讎何如鴟夷子散
髮棹一作弄扁舟

西上一作嶽蓮花山迢迢見明星素手把芙蓉虛步躡太
清霓裳曳廣帶飄拂昇天行邀我登雲臺高揖衛叔
卿恍恍與之去駕鴻凌紫冥俯視洛陽川茫茫走胡
兵流血塗野草豺狼盡冠纓

昔我遊齊都登華不注峯兹山何峻秀綠翠如芙蓉
蕭颯古仙人了知是赤松借予一白鹿自挾兩青龍
含笑凌倒景欣然願相從

泣與親友別欲語再三咽勗君青松心努力保霜雪

世路多險艱白日欺紅顔分首各千里去去何時還在世復幾時倏如飄風度空聞紫金經白首愁相誤撫已忽自笑沉吟爲誰故名利徒煎熬安得閑余步終留赤玉舄東上蓬山〈一作萊〉路秦帝如我求蒼蒼但煙霧

郢客吟白雪遺響飛青天徒勞歌此曲舉世誰爲傳試爲巴人唱和者乃數千吞聲何足道歎息空悽然

秦水別隴首幽咽多悲聲胡馬顧朔雪躞蹀長嘶鳴感物動我心緬然含歸情昔視秋蛾飛今見春蠶生嫋嫋桑枯〈一作結〉葉萋萋柳垂榮急節謝流水羇心揺懸旌揮涕且復去惻愴何特平

秋露白如玉團圓下庭緑我行忽見之寒早悲歳促
生猶鳥過目胡乃自結束景公一何愚牛山淚相續
物苦不知足登(一作得)隴又望蜀人心若波瀾世路有(一作多)
屈曲三萬六千日夜夜當秉燭

大車揚飛塵亭午暗阡陌中貴多黄金連雲開甲宅
路逢鬬雞者冠蓋何輝赫鼻息干虹蜺行人皆怵惕
世無洗耳翁誰知堯與跖

世道日交喪澆風散淳源不采芳桂枝反棲惡木根
所以桃李樹吐花竟不言大運有興没羣動爭飛奔
歸來廣成子去入無窮門

碧荷生幽泉朝日豔且鮮秋花冒緑水密葉羅青煙

秀色空絶世馨香誰為傳坐看飛霜滿凋此紅芳年
結根未得所願託華池邊
燕趙有秀色綺樹青雲端眉目豔皎月一笑傾城歡
常恐碧草晚坐泣秋風寒纖手怨玉琴清晨起長歎
焉得偶君子共乘雙飛鸞
容顏若飛電時景如飄風草綠霜巳白日西月復東
華鬢不耐秋颯然成衰蓬古來賢聖人一一誰成功
君子變猿鶴小人為沙蟲不及廣成子乘雲駕輕鴻
三季分戰國七雄成亂麻王風何怨怒世道終紛拏
至人洞元象高舉淩紫霞仲尼亦（一作欲）浮海吾祖之流
沙聖賢共淪沒臨歧胡咄嗟

玄風變太古道喪無時還擾擾季葉(一作市井)人雞鳴趨四
關但識金馬門誰(一作寧)知蓬萊山白首死羅綺笑歌無
休(一作時)閑淥酒哂丹液青娥凋素顏(一作萋萋千金骨風塵凋素顏)大儒揮
金槌琢之(一作發冢)詩禮間蒼蒼三珠樹冥目焉能攀
鄭客西入關行行未能已白馬華山君相逢平原里
璧遺鎬池公明年祖龍死秦人相謂曰吾屬可去矣
一往桃花源千春隔流水
蓐收肅金氣西陸弦海月秋蟬號階軒感物憂不歇
良辰竟何許大運有淪忽天寒悲風生夜久衆星沒
惻惻不忍言哀歌達明發
北溟有巨魚身長數千里仰噴三山雪橫吞百川水

憑陵隨海運烜赫因風起吾觀摩天飛九萬方未已

羽檄如流星虎符合專城喧呼救邊急羣鳥皆夜鳴
白日曜紫微三公運權衡天地皆得一澹然四海清
借問此何爲荅言楚徵兵（一作征楚兵）渡瀘及五月將赴雲
南征怯卒非戰士炎方難遠行長號別嚴親日月慘
光晶泣盡繼以血心摧兩無聲困獸當猛虎窮魚餌
奔鯨千去不一回投軀豈全生如何舞干戚一使有
苗平

醜女來效顰還家驚四鄰壽陵失本步笑殺邯鄲人
一曲（一作東西）斐然子雕蟲喪天眞棘刺造沐猴三年費精
神功成無所用楚楚且華（一作麗）身大雅思文王頌聲久

崩淪安得郢中質一揮成斧斤（一作運斤風）
抱玉入楚國見疑古所聞良寳終見棄徒勞三獻君
直木忌先伐芳蘭哀自焚盈滿天所損沉冥道為羣
東海汎碧水（一作流）西關乗紫雲魯連及柱史可以躡清芬
燕臣昔慟哭五月飛秋霜庶女號蒼天震風擊齊堂
精誠有所感造化為悲傷（一本此下云而我竟何辜遠身金殿兮）浮雲蔽紫
闥白日難回光羣沙穢明珠衆草凌孤芳古來共歎
息流涙空沾裳
孤蘭生幽園衆草共蕪没雖照陽春暉復悲高秋月
飛霜早淅瀝緑豔恐休歇若無清風吹香氣為誰發
登高望四海天地何漫漫霜被羣物秋風飄大荒寒

榮華東流水萬事皆波瀾白日掩徂暉浮雲無定端
梧桐巢燕雀枳棘棲鴛鸞且復歸去來劍歌行一作悲路
難一本自第四句後云殺氣落喬木浮雲蔽層巒孤鳳鳴天霓遺聲何辛酸遊人悲舊國撫心亦盤桓倚劍歌所思曲終涕泗瀾
鳳飢不啄粟所食唯琅玕焉能與群雞刺蹙一作促爭一
飧朝鳴崑丘樹夕飲砥柱湍歸飛海路遠獨宿天霜
寒幸遇王子晉結交青雲端懷恩未得報感別空長
歎
朝弄紫泥海一作翔鸞青鸞車夕披丹霞裳揮手折若木拂此
西日光雲臥一作遊八極玉顏已千霜飄飄入無倪稽
首祈上皇呼我遊太素玉杯賜瓊漿一飧歷萬歲何

用還故鄉永隨長風去天外恣飄揚
搖裔雙白鷗鳴飛滄江流宜與海人狎豈伊雲鶴儔
寄影宿沙月沿芳戲春洲吾亦洗心者忘機從爾遊
周穆八荒意漢皇萬乘尊淫樂心不極雄豪安足論
西海宴王母北宮邀上元瑤水聞遺歌玉杯竟空言
靈跡成蔓草徒悲千載魂
綠蘿紛葳蕤繚繞松柏枝草木有所託歲寒尚不移
奈何夭桃色坐歎葑菲詩玉顏豔紅彩雲髮非素絲
君子恩已畢賤妾將何爲
八荒馳驚飆萬物盡凋落浮雲蔽頹陽洪波振大壑
龍鳳脫罔罟飄颻將安託去去乘白駒空山詠場藿

一百四十年國容何赫然隱隱五鳳樓峨峨橫三川
王侯象星月賓客如雲煙（一本首六句云帝京信佳麗國容何赫然劍戟擁九
關歌鍾沸三川蓬萊象天構珠翠誇雲仙）鬪雞金宮（一作城）裏蹴踘瑤臺邊
（一作走馬蘭臺邊）擧動搖白日指揮回青天當塗何翕忽失
路長棄捐獨有楊執戟閉關草太玄
桃花開東園含笑誇白日偶蒙春風榮生（一作矜）此豔陽
質豈無佳人色但恐花不實宛轉龍火飛零落早相
失詎知南山松獨立自蕭飀
秦皇按寶劍赫怒振威神逐日巡海右驅石架滄津
徵卒空九寓作橋傷萬人但求蓬島藥豈思農鳸春
力盡功不贍千載爲悲辛

美人出南國灼灼芙蓉姿皓齒終不發芳心空自持
由來紫宮女共妒青蛾眉歸去瀟湘沚沉吟何足悲
宋國梧臺東野人得燕石（一作宋人枉千金去國買燕石）誇作天下珍
卻哂趙王璧趙璧無緇磷燕石非貞真流俗多錯誤
豈知玉與珉
殷后亂天紀楚懷亦已昏夷羊滿中野綠葹盈高門
比干諫而死屈平竄湘源虎口何婉孌女顏空嬋娟
彭城久淪沒此意與誰論
青春流驚湍朱明（一作火）驟回薄不忍看秋蓬飄揚竟何
託光風滅蘭蕙白露灑葵藿（一作委蕭藿）美人不我期草木
日零落

戰國何紛紛兵戈亂浮雲趙倚兩虎鬬晉為六卿分
姦臣欲竊位樹黨自相羣果然田成子一旦弒齊君
倚劍登高臺悠悠送春目蒼榛蔽層丘瓊草隱深谷
鳳皇鳴西海欲集無珍木鸒斯得匹（一作所）居（一作棲）蒿下盈
萬族晉風日已頹窮途方慟哭（一本首四句以下云鸒衆鳥飛翺翔在珍木羣花亦便娟榮耀非一族歸來愴途窮日暮還慟哭）
齊瑟彈（一作揮）東吟秦絃弄西音慷慨動顏魄使人成荒
淫彼女佞邪子婉孌來相尋一笑雙白璧再歌千黃
金珍色不貴道詎惜飛光沉安識紫霞客瑤臺鳴玉
琴（一作素）
越客採明珠提攜出南隅清輝照海月美價傾鴻（一作皇）

都獻君君按劍懷寶空長吁魚目復相哂寸心增煩
紆
羽族稟萬化小大各有依啁啁亦何辜六翮掩不揮
願銜衆禽翼一向黃河飛飛者莫我顧歎息將安歸
我行巫山渚尋古登陽臺天空綵雲滅地遠清風來
神女去已久襄王安在哉荒淫竟淪沒樵牧徒悲哀
惻惻泣路岐哀哀悲素絲路岐有南北素絲無一作有變
移一本下添萬事固如此人生無定期田竇相傾奪賓客互盈虧世塗多翻覆交道方嶮巇斗酒以下
同谷風刺輕薄交道方嶮巇斗酒強然諾寸心終自
疑張陳竟火滅蕭朱亦星離衆鳥集榮柯窮魚守空
一作沼池嗟嗟失權客勤問何所規一作悲又作勤問何所貴　卷終

李太白文集卷第三

歌詩三十一首

樂府一

遠別離

遠別離古有黃英之二女乃在洞庭之南瀟湘之浦海水直下萬里深誰人不言此離苦日慘慘兮雲冥冥猩猩啼煙兮鬼嘯雨我縱言之將何補皇穹竊恐不照余之忠誠雷憑憑兮欲吼怒堯舜當之亦禪禹君失臣兮龍爲魚權歸臣兮鼠變虎或云堯幽囚舜野死九疑聯綿皆相似重瞳孤墳竟何是帝子泣兮綠雲間隨風波兮去無還慟哭兮遠望見蒼梧之深

山蒼梧山崩湘水絶竹上之淚乃可滅

公無渡河

黄河西來決崑崙咆哮萬里觸龍門波滔天堯咨嗟大禹理百川兒啼不窺家殺湍堙洪水九州始蠶麻其害乃去茫然風沙被髮之叟狂而癡清晨徑一作臨流欲奚爲旁人不惜妻止之公無渡河苦渡之虎可搏河難憑公果溺死流海湄有長鯨白齒若雪山公乎公乎挂骨於其間箜篌所悲竟不還

蜀道難 諷章仇兼瓊也

噫吁戲危乎高哉蜀道之難難於上青天蠶叢及魚鳧開國何茫然爾來四萬八千歲不一作乃與秦塞通人

湮西當太白有鳥道何(一作可)以横絶峨眉巓地崩山摧
壯士死然後天梯石棧方(一作相)鉤連上有六龍回日之
高標(一作横河斷海之浮雲)下有衝波逆折之回川黄鶴之飛尚
不得過(一作過)猨猱欲度愁攀縁(一作牽)青泥何盤盤百步九折
縈巖巒捫參歴井仰脅息以手撫膺坐長歎問君西
遊何時還畏途巉巖不可攀但見悲鳥號古木雄飛
雌從遶林間又聞子規啼夜月愁空山蜀道之難難
於上青天使人聽此凋朱顔連峯去天不盈尺(一作入煙幾千)
尺枯松倒挂倚絶壁飛湍暴流爭喧豗氷崖轉石萬
壑雷其嶮也若此嗟爾遠道之人胡爲乎來哉劒閣
峥嵘而崔嵬一夫當關萬人(一作夫)莫開所守或匪親(一作人)

化爲狼與豺朝避猛虎夕避長蛇磨牙吮血殺人如
麻錦城雖云樂不如早還家蜀道之難難於上青天
側身西望長咨嗟(一作令人嗟)

梁甫吟

長嘯梁甫吟何時見陽春君不見朝歌屠叟辭棘津
八十西來釣渭濵寧羞白髮照淥水逢時壯(一作吐)氣思
經綸廣張三千六百釣(一作鈎)風期暗與文王親大賢虎
變愚不測當年頗似尋常人君不見高陽酒徒起草
中長揖山東隆準公入門開說(一作開游說)騁雄辯兩女輟
洗來趨風東下齊城七十二指麾楚漢如旋蓬狂客
(一作生)落拓尚如此何況壯士當羣雄我欲攀龍見明主

雷公砰訇震天鼓帝旁投壺多玉女三時大笑開電
光倏爍晦冥起風雨閶闔九門不可通以額叩關閽
者怒白日不照吾精誠杞國無事憂天傾猰貐磨牙
競人肉騶虞不折生草莖手接飛猱搏彫虎側足焦
原未言苦智者可卷愚者豪世人見我輕鴻毛力排
南山三壯士齊相殺之費二桃吳楚弄兵無劇孟亞
夫咍爾爲徒勞梁甫吟聲正悲張公兩龍劍神物合
有時風雲感會起屠釣大人嵲屼當安之

烏夜啼

黃雲城邊烏欲棲歸飛啞啞枝上啼機中織錦秦川
女（一作閨中織婦秦家女）碧紗如煙隔窗語停梭悵然（一作望）憶遠人

一作問人隨故夫獨宿孤房一作獨宿空堂一作如在流沙淚如雨一作停梭向人問故夫知在關西淚如雨

烏棲曲

姑蘇臺上烏棲時吳王宮裏醉西施吳歌楚舞歡未畢青山猶銜半邊日銀箭金壺一作金壺丁丁漏水多起看秋月墜江波東方漸高奈樂何一作爾何

戰城南

去年戰桑乾源今年戰葱河道洗兵條支海上波放馬天山雪中草萬里長征戰三軍盡衰老匈奴以殺戮爲耕作古來唯見白骨黃沙田秦家築城備胡處漢家還有烽火燃烽火燃不息征戰一作長征無已時野戰

格闘死敗馬號鳴向天悲烏鳶啄人腸銜飛上挂枯樹枝（一作上枯枝）士卒塗草莽將軍空爾爲乃知兵者是凶器聖人（一作君）不得已而用之

將進酒（一作惜空樽酒）

君不見黄河之水天上來奔流到海不復回君不見高堂明鏡悲白髮朝如青絲暮成（一作如）雪人生得意須盡歡莫使金樽空對月天生我材必有用（一作開又云天生我身必有財又作天生吾徒有俊材）千（一作黄）金散盡還復來烹羊宰牛且爲樂會須一飲三百杯岑夫子丹丘生進酒君莫停（一作將進酒杯莫停）與君歌一曲請君爲我傾耳聽鍾鼓饌玉不足貴（一作玉帛豈足貴）但願長醉不用（一作復）醒古來聖賢皆寂寞（一作死盡）唯

有飲者留其名陳王昔時一作日宴平樂斗酒十千恣歡謔主人何爲言少錢徑須沽取對君酌一作且須沽酒共君酌五花馬千金裘呼兒將出換美酒與爾同銷萬古愁

行行且遊獵篇

邊城兒生年不讀一字書但知遊獵誇輕趫胡馬秋肥宜白草騎來躡影何矜驕一作可憐驕金鞭拂雪揮鳴鞘半酣呼鷹出遠郊弓彎一作彎弧滿月不虛發雙鶬迸落連飛髇海邊觀者皆辟易猛氣英風振沙磧儒生不及遊俠人白首垂帷復何益

飛龍引二首

黄帝鑄鼎於荆山鍊丹砂丹砂成黄金騎龍飛去太

上家雲愁海思令人嗟宮中綵女顏如花飄然揮手凌紫霞從風縱體登鑾（一作鸞）車登鑾車侍軒轅遨遊青天中其樂不可言

鼎湖流水清且閑軒轅去時有弓劍古人傳道流其間後宮嬋娟多花顏乘鸞飛煙亦不還騎龍攀天造天關造天關聞天語屯雲河車載玉女載玉女過紫皇紫皇乃賜白兔所擣之藥方後天而老凋三光下視瑤池見王母蛾眉蕭颯如秋霜

天馬歌

天馬來出月支窟背為虎文龍翼骨嘶青雲振綠髮蘭筋權奇走滅沒騰崑崙歷西極四足無一蹶雞鳴

刷燕晡秣越神行電邁躡恍惚天馬呼飛龍一作黄趨目
明長庚臆雙鳧尾如流星首渴烏口噴紅光汗溝珠
曾陪時龍躡天衢羈金絡月照星一作皇都逸氣稜稜凌
九區白璧如山誰敢沽回頭笑紫燕但覺爾輩愚天
馬奔戀君軒駷躍驚矯浮雲翻萬里足躑躅遙瞻閶
闔門不逢寒風子誰採一作探逸景孫白雲在青天丘陵遠
崔嵬鹽車上峻坂倒行逆施畏日晚伯樂翦拂中道
遺少盡其力老棄之願逢田子方惻然爲我思一作悲雖
有玉山禾不能療苦一作我肌嚴霜五月凋桂枝伏櫪銜
冤摧兩眉請君贖獻穆天子猶堪弄影舞瑤池

行路難三首 樂三首一作古詞

金罇清酒斗十千玉盤珍羞直萬錢停盃投筯不能食拔劍四顧心茫然欲渡黃河冰塞川將登太行雪暗天一作滿山閑來垂釣坐一作碧溪上忽復乘舟夢日邊行路難行路難多岐路今安在長風破浪會有時直挂雲帆濟滄海

天道如青天我獨不得出羞逐長安社中兒赤雞白狗一作雉賭梨栗彈劍作歌奏苦聲曳裾王門不稱情淮陰市井笑韓信漢朝公卿忌賈生君不見昔時燕家重郭隗擁篲折節無嫌猜劇辛樂毅感恩分輸肝剖膽効英一作俊才昭王白骨縈蔓草誰人更掃黃金臺一作行路難歸去來

有耳莫洗潁川水有口莫食首陽蕨含光混世貴無名何用孤高比雲月吾觀自古賢達人功成不退皆殞身子胥既棄吳江上屈原終投湘水濱陸機雄才豈自保李斯稅駕苦不早華亭鶴唳詎可聞上蔡蒼鷹何足道君不見吳中張翰稱（一作真）達生秋風忽憶江東行且樂生前一杯酒何須身後千載名

長相思

長相思在長安絡緯秋啼金井欄微（一作凝）霜淒淒簟色寒孤燈不明（一作寐又作眠）思欲絶卷帷望月空長歎美人如花（一作佳期迢迢）隔雲端上有青冥之高天下有淥水之波瀾天長路遠魂飛苦夢魂不到關山難長相思摧心肝

上留田

行至上留田孤墳何崢嶸積此萬古恨春草一作不復生悲風四邊來腸斷白楊聲借問誰家地埋没蒿里塋古老向余言言是上留田蓬科馬鬣今已平昔之弟死兄不葬他人於此舉銘旌一鳥死百鳥鳴一獸走百獸驚桓一作山山之禽別離苦欲去回翔不能征田氏倉卒骨肉分青天白日摧紫荆交讓之木本同形東枝顦顇西枝榮無心之物尚如此參商胡乃尋天兵孤竹延陵讓國揚名高風緬邈頹波激清尺布之謠塞耳不能聽

春日行

深宮高樓入紫清金作蛟龍盤繡楹（一作繡楹）佳人當窓弄白日絃將手語彈鳴箏春風吹落君王耳此曲乃是昇天行因出天池汎蓬瀛樓船蹙沓波浪驚三千雙蛾獻歌笑撾鐘考鼓宮殿傾萬姓聚舞歌太平我無為人自寧三十六帝欲相迎仙人飄翩下雲輧帝不去留鎬京安能為軒轅獨往入窅冥小臣拜獻南山壽陛下萬古垂鴻名

前有樽酒行二首

春風東來忽相過金樽淥酒生微波落花紛紛稍覺多美人欲醉朱顔酡青軒桃李能幾何流光欺人忽蹉跎君起舞日西（一作未）夕當年意氣不肯傾白髮如絲

一作白首垂絲歎何益

琴奏龍門之綠桐玉壺美酒清若空催絃拂柱與君
飲看朱成碧顏始紅一作眼白杯顏色紅看胡姬貌如花當壚笑
春風笑春風舞羅衣君今不醉欲安歸

夜坐吟

冬夜夜寒覺夜長沉吟久坐坐北堂冰合井泉月入
閨金缸青凝照悲啼金缸滅啼轉多掩妾淚聽君歌
歌有聲妾有情情聲合兩無違一語不入意從君萬
曲梁塵飛

野田黃雀行

遊莫逐炎洲翠棲莫近吳宮燕吳宮火起焚爾窠炎

洲逐翠遭網羅蕭條兩翅蓬蒿下縱有鷹鸇奈若一作爾何

箜篌謠 續古詞亦曰引

攀天莫登龍走山莫騎虎貴賤結交心不移唯有嚴陵及光武周公稱大聖管蔡寧相容漢謡一斗粟不與淮南春兄弟尚路人一作行路吾心安所從他人方寸間山海幾千重輕言託朋友對面九疑峯多花必早落桃李不如松管鮑久已死何人繼其蹤

雉朝飛 一首 絃

來隴青青三月時白雉朝飛挾兩雌錦衣綺翼何離褷瀆沐採薪感之悲春天和白日暖啄食飲泉勇氣

滿爭雄鬭死繡頸斷雉子班奏急管絃心傾美酒盡
玉椀枯楊枯楊爾生荑我獨七十而孤棲彈絃寫恨
意不盡瞋目跡黃泥

上雲樂 老胡文康詞或云范雲及周捨所作今擬之

金天之西白日所沒康老胡鶵生彼月窟巉巖容儀
戌削風骨碧玉炅炅一作皎皎雙目瞳黃金拳拳兩鬢紅一作鬢
華蓋垂下睫嵩岳臨上脣不覩譎詭皃豈知造化神
大道是文康之嚴父元氣乃文康之老親撫頂弄盤
古推車轉天輪云見日月初生時鑄冶火精與水銀
陽烏未出谷顧兔半藏身女媧戲黃土團作愚下人
散在六合間濛濛若沙塵生死了不盡誰明此胡是

仙真西海裁若木東溟植扶桑別來幾多時枝葉萬里長中國有七聖半路頹鴻荒陛下應運起龍飛入咸陽赤眉立盆子白水興漢光叱咤四海動洪濤爲簸揚舉足蹋紫微天關自開張老胡感至德東來進仙倡五色師子九苞鳳皇是老胡鷄犬鳴舞飛帝鄉淋漓颯沓進退成行能胡歌獻漢酒跪雙膝並兩肘散花指天舉素手拜龍顏獻聖壽北斗戾南山摧天子九九八十一萬歲長傾萬歲（一作年）杯

夷則格上白鳩拂舞辭

鏗鳴鐘考朗鼓歌白鳩引拂舞白鳩之白誰與隣霜衣雪襟誠可珍含哺七子能平均食不咽性安（一作可）馴

首農政為陽春天子刻玉杖鏤形賜耆人白鷺一作鷿鷉亦
白非純真外潔其色心匪仁闕五德無司晨胡為啄
我葭下之紫鱗鷹鸇鵰鶚貪而好殺鳳皇雖大聖不
願以為臣

日出入行

日出東方隈似從地底來歷天又復入西海六龍所
舍安在哉其始與終古不息一作其行終古不休息人非元氣安
得與之久徘徊草不謝榮於春風木不怨落於秋天
誰揮鞭策驅四運萬物興歇皆自然羲和羲和汝奚
汩沒於荒淫之波魯陽何德駐景揮戈逆道違天矯
誣實多吾將囊括大塊浩然與溟涬同科

胡無人

嚴風吹霜海草凋筋幹精堅胡馬驕漢家戰士三十萬將軍兼領一作護者霍嫖姚流星白羽腰間插劍花秋蓮光出匣天兵照雪下玉關虜箭如沙射金甲雲龍風虎盡一作晝交回太白入月敵可摧敵可摧旄頭滅履胡之腸涉胡血懸胡青天上埋胡紫塞旁胡無人漢道昌陛下之壽三千霜但歌大風雲飛揚安用猛士兮守四方

北風行

燭龍棲寒門光耀猶旦開日月照之何不及此一作日月之照不及此唯有北風號怒天上來燕山雪花大如席片片吹

落軒轅臺幽州思婦十二月停歌罷笑雙蛾摧倚門望行人念君長城苦寒良可哀別時提劍救邊去遺此虎文金鞞靫中有一雙白羽箭蜘蛛結網生塵埃箭空在人今戰死不復回不忍見此物焚之巳成(一作以爲)灰黃河捧土尚可塞北風雨雪恨難裁(一作哉)

俠客行

趙客縵胡纓吳鉤霜雪明銀鞍照白馬颯沓如流星十步殺一人千里不留行事了拂衣去深藏身與名閑過信陵飲脫劍膝前(一作上)橫將炙啖朱亥持觴勸侯嬴三杯吐然諾五嶽倒爲輕眼花耳熱後意氣素霓生救趙揮金槌邯鄲先震驚千秋二壯士烜赫大梁

城縱死俠骨香不慙世上英誰能書閣下白首太玄經

關山月

明月出天山蒼茫雲海間長風幾萬里吹度玉門關
漢下白登道胡窺青海灣由來征戰地不見有人還
戍客望邊色（一作邑）思歸多苦顏高樓當此夜歎息未應
閑（一作還）

李太白文集卷第三

三
196
12
5 13

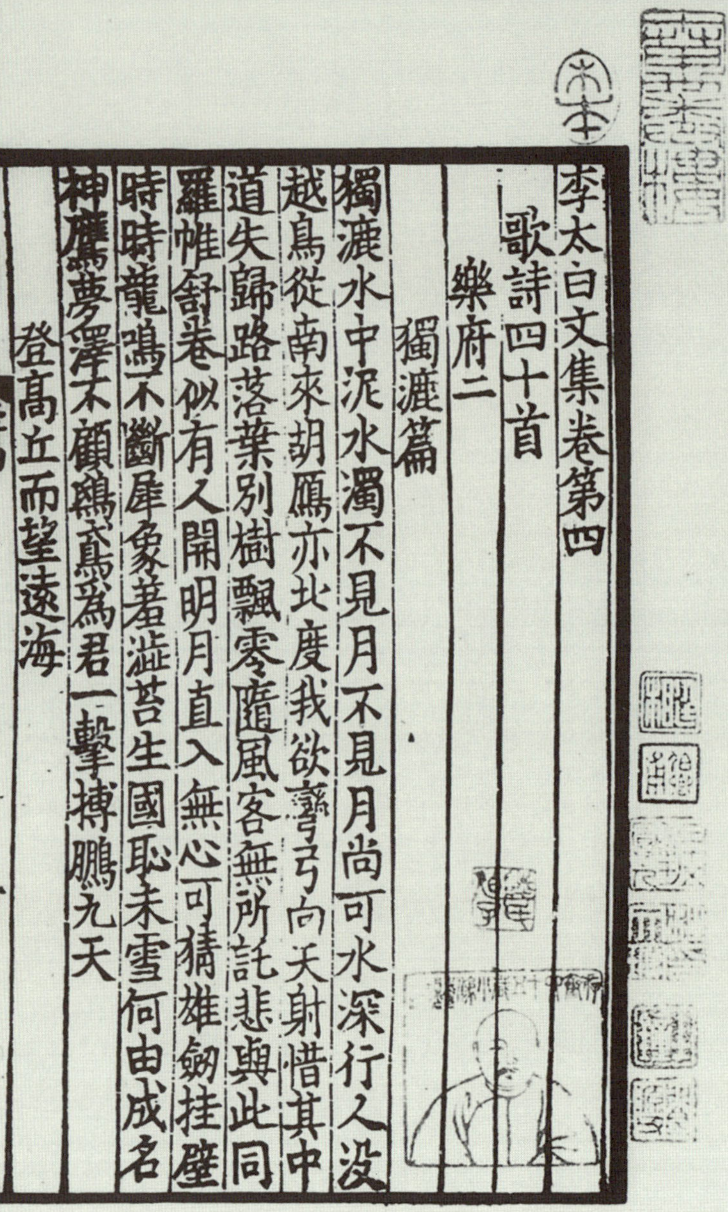

李太白文集卷第四

歌詩四十首

樂府二

獨漉篇

獨漉水中泥水濁不見月不見月尚可水深行人沒
越鳥從南來胡鴈亦北度我欲彎弓向天射惜其中
道失歸路落葉別樹飄零隨風客無所託悲與此同
羅帷舒卷似有人開明月直入無心可猜雄劍挂壁
時時龍鳴不斷犀象蓋澁苔生國恥未雪何由成名
神鷹夢澤不顧鴟鳶為君一擊搏鵬九天

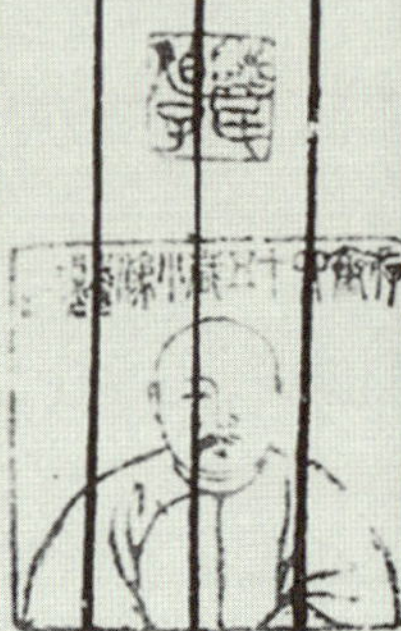

登高丘而望遠海

登高丘望遠海六鼇骨已霜三山流安在扶桑半摧
折白日沉光彩銀臺金闕如夢中秦皇漢武空相待
精衛費木石黿鼉無所憑君不見驪山茂陵盡灰滅
牧羊之子來攀登盜賊劫寶玉精靈竟何能窮兵黷
武令如此鼎湖飛龍安可乘

陽春歌

長安白日照春空緑楊結煙桑（一作垂）裊風披香殿前花
始紅流芳發色繡戸中繡戸中相經過飛鷰皇后輕
身舞紫宮夫人絶世歌聖君三萬六千日歳歳年年
奈樂何

陽叛兒

君歌陽叛兒妾勸新豐酒何許最關人烏啼白門柳
烏啼隱楊花君醉留妾家博山鑪中沉香火雙咽一
氣凌紫霞

雙燕離

雙燕復雙燕雙飛令人羨玉樓珠閣不獨棲金窻繡
戶長相見栢梁失火去因入吳王宮吳宮又焚蕩雛
盡巢亦空憔悴一身在孀雌憶故雄雙飛難再得傷
我寸心中

山人勸酒

蒼蒼雲松落落綺皓春風爾來爲阿誰胡蝶忽然滿
芳草秀眉霜雪桃花貌青髓綠髮長美好稱是秦時

避世人勸酒相歡不知老各守兎(一作麋)鹿志恥隨龍虎
爭歘起佐(一作安)太子漢皇乃復驚顧謂戚夫人彼翁羽
翼成歸來商山下泛若雲無情舉觴酹巢由洗耳何
獨(一作太)清浩歌望嵩嶽意氣還(一作遥)相傾

于闐採花

于闐採花人自言花相似明妃一朝西入胡胡中美
女多羞死乃知漢地多名姝胡中無花可方比丹青
能令醜者妍無鹽(一作鹽)翻在深宮裏自古妬蛾眉胡沙埋
皓齒

鞠歌行

玉不自言如桃李魚目笑之卞和恥楚國青蠅何太

多連城白璧遭讒毀荊山長號泣血人忠臣死爲刖
足鬼聽曲知寧戚夷吾因小妻秦穆五羊皮買死百
里奚洗拂青雲上當時賤如泥朝歌鼓刀叟虎變磻
溪中一舉釣六合遂荒營丘東平生渭水曲誰識一作數
此老翁奈何今之人雙目送飛鴻

幽澗泉

拂彼白石彈吾素琴幽澗愀兮流泉深善手明徽高
張清心寂歷似千古松颸颸兮萬尋中見愁猨吊影
而危處兮叫秋木而長吟客有哀時失志而聽者淚
淋浪以沾襟乃緝商綴羽潺湲成音吾但寫聲發憤
於妙指殊不知此曲之古今幽澗泉鳴深林

王昭君二首一作明君辭

漢家秦地月流影照一作送明妃一上玉關道天涯去不
歸漢月還從東海一作方出明妃西嫁無來日燕支長寒
雪作花娥眉憔悴沒胡沙生乏黃金枉圖畫死留青
塚使人嗟

昭君拂玉鞍上馬啼紅頰今日漢宮人明朝胡地妾

中山孺子妾歌漢賜中山靖王噲孺子妾及楚子已下歌四篇

中山孺子妾特以色見珍雖不如延年妹亦是當時
絕世人桃李出深井花豔驚上春一貴復一賤關天
豈由身芙蓉老秋霜團扇羞網塵戚姬髡翦入舂市
萬古共悲辛

荊州歌

白帝城邊足風波瞿塘五月誰敢過荊州麥熟繭成蛾繰絲憶君頭緒多撥穀飛鳴奈妾何

設辟邪伎鼓吹雉子班曲辭

辟邪伎作鼓吹驚雉子班之奏曲成喔咿振迅欲飛鳴扇錦翼雄風生雙雌同飲啄趫悍誰能爭乍向草中耿介死不求黃金籠下生天地至廣大何惜遂物情善卷讓天子務光亦逃名所貴曠士懷朗然合太清

相逢行

相逢紅塵內高揖黃金鞭萬户垂楊裏君家阿那邊

古有所思

我思仙一作僊人乃在碧海之東隅海寒多天風白波連山一作天倒蓬壺長鯨噴湧不可涉撫心茫茫淚如珠西來青鳥東飛去願寄一書謝麻姑

久別離

別來幾春未還家玉窗五見櫻桃花況有錦字書開緘使一作令人嗟此腸斷彼心絕雲鬟綠鬢罷攬結愁如回飈亂白雪去年寄書報陽臺今年寄書重相催胡爲乎東風爲我吹行雲使西來待來竟不來落花寂寂委青苔

採蓮曲

若耶溪傍採蓮女笑隔荷花共人語日照新粧水底明風飄香袖空中舉岸上誰家遊冶郎三三五五映垂楊紫騮嘶入落花去見此踟躕空斷腸

白頭吟 又一篇與此異今兩存

錦水東北流波蕩雙鴛鴦雄巣漢宮樹雌弄秦草芳寧同萬死碎綺翼不忍雲間兩分張此時阿嬌正嬌妬獨坐長門愁日暮但願君恩顧妾深豈惜黄金買詞賦相如作賦得黄金丈夫好新多異心一朝將娉茂陵女文君因贈一作賦白頭吟東流不作西歸水落花辭條羞故林兎絲故無情隨風任傾倒誰使女蘿枝而來強縈抱兩草猶一心人心不如草莫卷龍鬚席

從他生網絲且留琥珀枕或有夢來時覆水再收豈
滿杯棄妻已去難重回古時得意不相負秖今惟見
青陵臺
錦水東流碧波蕩雙鴛鴦雄巢漢宮樹雌弄秦草芳
相如去蜀謁武帝赤車駟馬生輝光一朝再覽大人
作萬乘忽欲凌雲翔聞道阿嬌失恩寵千金買賦要
君王相如不憶貧賤日官高金多聘私室茂陵姝子
皆見求文君歡愛從此畢淚如雙泉水行墮紫羅襟
五起雞三唱清晨白頭吟長吁不整綠雲鬢仰訴青
天哀怨深城崩杞梁妻誰道土無心東流不作西歸
水落花辭枝羞故林頭上玉鸞釵是妾嫁時物贈君

表相思羅袖幸時拂莫卷龍鬚席從他生網絲且留
琥珀枕還有夢來時鸘鷞裘在錦屏上自君一挂無
由人一作披妾有秦樓鏡照心勝照井願持照新人雙對
可憐影覆水卻收不滿杯相如還謝文君回古來得
意不相負秖今唯有青陵臺

臨江王節士歌

洞庭白波木葉稀燕鴈始入吳雲飛吳雲寒燕鴈苦
風號沙宿瀟湘浦節士感秋淚如雨白日當天心照
之可以事明主壯士一作[illegible]憤雄一作[illegible]風生安得倚天劍跨
海斬長鯨

司馬將軍歌 代隴上健兒陳安

狂風吹古月竊弄章華臺北落明星動光彩南征猛將如雲雷（一作南方有事將軍來）手中電曳（一作曳電）倚天劍直斬長鯨海水開我見樓船壯心目頗似龍驤下三蜀揚兵習戰張虎旗江中白浪如銀屋身居玉帳臨河魁紫髯若戟冠崔嵬細柳開營揖天子始知灞上為嬰孩羌笛横吹阿嚲回向月樓中吹落梅將軍自起舞長劍壯士呼聲動九垓功成獻凱見明主丹青畫像麒麟臺

君道曲　梁之雅歌有五篇今作一章

大君若天覆廣運無不至軒后爪牙常先太山稽如心之使臂小白鴻翼於夷吾劉葛魚水本無二土扶

可成八牆積德爲厚地

結襪子

燕南壯士吳門豪筑中置鉛魚隱刀感君恩重許君命太山一擲輕鴻毛

結客少年場行

紫燕黄金瞳啾啾(一作稜稜)揺緑鬉平明相馳逐結客洛門東少年學劒術凌轢白猿公珠袍曳錦帶匕首插吳鴻由來萬夫勇挾此英雄風託交從劇孟買醉入新豐笑盡一杯酒殺人都市中羞道易水寒從(一作徒)令日貫虹燕丹事不立虚没秦帝宮武陽死灰人安可與成功

長干行二首

妾髮初覆額折花門前劇郎騎竹馬來遶牀弄青梅

同居長干里兩小無嫌猜十四爲君婦羞顔未嘗開

低頭向暗壁千喚不一回十五始展眉願同塵與灰

常存抱柱信豈一作耻上望夫臺十六君遠行瞿塘灩澦

堆五月不可觸猿聲天上哀門前遲一作舊行跡一一生

綠一作蒼苔苔深不能掃落葉秋風早八月蝴蝶來一作黃雙

飛西園草感此傷妾心坐愁紅顔老早晚下三巴預

將書報家相迎不道遠直至長風沙

憶妾一作昔深閨裏煙塵不曾識嫁與長干人沙頭候風

色五月南風興思君下巴陵八月西風起想君發揚

子去來悲如何見少別離多湘潭幾日到妾夢越風
波昨夜狂風度吹折江頭樹淼淼暗無邊行人在何
處北客至(一作真)王公朱衣滿汀(一作江)中(一作比客浮雲驄經過新市中)日暮
來投宿數朝不肯東自憐十五餘顏色桃李紅那作
商人婦愁水復愁風

古朗月行

小時不識月呼作白玉盤又疑瑤臺鏡飛在青雲端
仙人垂兩足桂樹作(一作何)團圓白兎擣藥成問言與誰
飡蟾蜍蝕圓影天(一作大)明夜已殘羿昔落九烏天人清
且安陰精此淪惑去去不足觀憂來其如何悽愴摧
心肝

上之回

三十六離宮樓臺與天通閣道步行月美人愁煙空恩蹤寵不及桃李傷春風淫樂意何極金輿向回中萬乗出黄道千旗揚彩紅前軍細柳北後騎甘泉東豈問渭川老寧邀襄野童但慕瑶池宴（一作秋春）歸來樂未窮

獨不見

白馬誰家子黄龍邊塞兒天山三丈雪豈是遠行時春蕙忽秋草沙雞鳴曲池風催寒梭響月入霜閨悲憶與君別年種桃齊娥眉桃今百餘尺花落成枯枝終然獨不見流淚空自知

白紵辭三首

楊清歌一作音發皓齒北方佳人東鄰子且吟白紵停綠水長袖拂面爲君起寒雲夜卷霜海空胡風吹天飄塞鴻玉顏滿堂樂未終

館娃日落歌吹深月寒江清夜沉沉美人一笑千黃金垂羅舞縠揚哀音郢中白雪且莫吟子夜吳歌動君心動君心冀君賞願作天池雙鴛鴦一朝飛去青雲上

吳刀翦綵一作綺縫舞衣明粧麗服奪春暉揚眉轉袖若雪飛傾城獨立世所稀激楚結風醉忘歸高堂月落燭已微玉釵挂纓君莫違

鳴鴈行

胡鴈鳴辭燕山昨發委羽朝度關一一銜蘆枝南飛散落天地間連行接翼往復還客居煙波寄湘吴凌霜觸雪毛體枯畏逢矰繳驚相呼聞絃虛墜良可吁君更彈射何爲乎

妾薄命

漢帝重(一作寵)阿嬌貯之黃金屋咳唾落九天隨風生珠玉寵極愛還歇妬深情却疎長門一步地不肯暫回車雨落不上天水覆重難收(一作重收)君情(一作恩)與妾意各自東西流昔日芙蓉花今成斷根草(一作秋草)以色事他人能得幾時好

幽州胡馬客歌

幽州胡馬客緑眼虎皮冠笑拂兩隻箭萬人不可干
彎弓若轉月白鴈落雲端雙雙掉鞭行遊獵向樓蘭
出門不顧後報國死何難天驕五單于狼戾好兇殘
牛馬散北海割鮮若虎餐雖居燕支山不道朔雪寒
婦女馬上笑顔如頳玉盤翻飛射鳥獸花月醉雕鞍
旄頭四光芒爭戰如蜂攢白刃灑赤血流沙為之丹
名將古誰是疲兵良可歎何時天狼滅父子得閑安

門有車馬客行

門有車馬賓（一作客）金鞍曜朱輪謂從丹（一作紫）霄落乃是故
鄉親呼兒掃中堂坐客論悲辛對酒兩不飲停觴淚

盤中歡我萬里遊飄飄三十春空談霸王略紫綬不挂身雄劍藏玉匣陰符生素塵廓落無所合流離湘水濱借問宗黨間多為泉下人生苦百戰役死託萬鬼鄰北風揚胡沙埋翳周與秦大運且如此蒼穹寧匪仁惻愴竟何道存亡任天鈞

君子有所思行

紫閣連終南青冥天倪色憑崖望咸陽宮闕羅北極萬井驚畫出九衢如絃直渭水清銀河橫天流不息朝野盛文物衣冠何翕赩廏馬散連山軍容威絶域伊皐運元化衛霍輸筋力歌鐘樂未休榮去老還逼圓光過滿缺太陽移中昃不散東海金何爭西輝匿

無作牛山悲惻愴淚沾臆

東海有勇婦（代關中有貞女 又作賢）

梁山感杞妻慟哭爲之傾金石忽暫開都由激深情
東海有勇婦何慚蘇子卿學劒越處子超騰若流星
捐軀報夫讎萬死不顧生白刃耀素雪蒼天感精誠
十步兩躩（一作跳）躍三呼一交兵斬首掉國門蹴踏五臧
行豁此伉儷憤粲然大義明北海李史君飛章奏天
庭捨罪警風俗流芳播滄瀛志在列女籍竹帛已光
榮淳于免詔獄漢主爲緹縈津妾一棹歌脫父於嚴
刑十子若不肖不如一女英豫讓斬空衣有心竟無
成要離殺慶忌壯夫素所輕妻子亦何辜焚之買虛

聲豈如東海婦事立獨揚名

黃葛篇

黃葛生洛溪黃花自緜羃青煙蔓長條繚繞幾百尺
閨人費素手採緝作絺綌縫爲絕國衣遠寄日南客
蒼梧大火落暑服莫輕擲此物雖過時是妾手中跡

李太白文集卷第四

李太白文集卷第五

歌詩五十六首

樂府三

白馬篇

龍馬花雪毛金鞍五陵豪秋霜切玉劍落日明珠袍
鬬雞事萬乘軒蓋一何高弓摧宜山虎手接太山猱
酒後競風彩三杯弄寶刀殺人如剪草劇孟同遊遨
發憤去函谷從軍向臨洮叱咤經百戰一作戰場萬匈奴盡
波濤逃一作歸來使酒氣未肯拜一作下蕭曹羞入原憲室荒
淫隱蓬蒿

鳳笙篇

仙人十五愛吹笙學得崑丘彩鳳鳴始聞鍊氣飡金液復道朝天赴玉京玉京迢迢幾千里鳳笙去去無窮已欲歎離聲發絳脣更嘵別調流纖指此時惜別詎堪聞此地相看未忍分重吟真曲和清吹却奏仙歌響綠雲綠雲紫氣向函關訪道應尋緱氏山莫學吹笙王子晉一遇浮丘斷不還

怨歌行（一作長安見内人出嫁令予代為怨歌行）

十五入漢宮花顔笑（一作如）春紅（君）王選玉色侍寢金（一作錦）屏中薦枕嬌夕月卷衣戀春（一作香）風寧知趙飛鷰奪寵根無窮沉憂能傷人綠鬢成霜蓬一朝不得意世事徒（一作信）為空鷫鸘換美酒舞衣罷雕龍寒苦不忍言為

君奏絲桐腸斷絃亦絕悲心夜忡忡

塞下曲六首

五月天山雪無花秪有寒笛中聞折柳春色未曾看

曉戰隨金鼓宵眠抱玉鞍願將腰下劍直為斬樓蘭

天兵下北荒胡馬欲南飲橫戈從百戰直為銜恩甚握雪海上飡拂沙隴頭寢何當破月氏然後方高枕

駿馬如風飆鳴鞭出渭橋彎弓辭漢月插羽破天驕陣解星芒盡營空海霧銷功成畫麟閣獨有霍嫖姚

白馬黃金塞雲砂繞夢思那堪愁苦節遠憶邊城兒螢飛秋窗滿月度霜閨遲摧殘梧桐葉蕭颯沙棠枝無時獨不見淚流空自知

塞虜乘秋下　天兵出漢家將軍分虎竹戰士卧龍沙
邊月隨弓影胡霜拂劔花玉關殊未入少婦莫長嗟
烽火動沙漠連照甘泉雲漢皇按劔起還召李將軍
兵一作殺氣天上合鼓聲隴底聞横行負勇氣一戰靜妖
氛

來日大難

來日一身攜粮負薪道長食盡苦口焦脣今日醉飽
樂過千春仙人相存誘我遠學海陵三山陸憩五嶽
乘龍上三天飛目瞻兩角授以神藥金丹滿握蟪蛄
蒙恩深愧短促思塡東海強銜一木道重天地軒師
廣成蟬翼九五以求長生下士大笑如蒼蠅聲

塞上曲

大漢無中策匈奴犯渭橋五原秋草綠胡馬一何驕
命將征西極橫行陰山側燕支落漢家婦女無花色
轉戰渡黃河休兵樂事多蕭條清萬里瀚海寂無波

玉階怨

玉階生白露夜久侵羅襪却下水精簾玲瓏望秋月

襄陽曲四首

襄陽行樂處歌舞白銅鞮江城回淥水花月使人迷
山公醉酒時酩酊襄一作高陽下頭上白接䍠倒著還騎
馬
峴山臨漢江水淥沙如雪一作水如霜雪上有墮淚碑青苔

久磨滅
且醉習家池莫看墮淚碑山公欲上馬笑殺襄陽兒

大堤曲

漢水臨(一作橫)襄陽花開大堤暖佳期大堤下淚向南雲
滿春風復無情吹我夢魂散不見眼中人天長音信
斷

宮中行樂詞八首 奉詔作五言

小小生金屋盈盈在紫微山花插寶髻石竹繡羅衣
每出深宮裏常隨步輦歸只愁歌舞散(一作罷)化作綵雲
飛
柳色黃金嫩梨花白雪香玉樓巢(一作關)翡翠珠(一作金)殿鎖

鴛鴦選妓隨雕輦（一作輒）徵歌出洞房宮中誰第一飛鷰
在昭陽
盧橘爲秦樹蒲桃出（一作是）漢宮煙花宜落日絲管醉春
風笛奏龍鳴（一作吟）水簫吟（一作鳴）鳳下空君王多樂事何必
向（一作左）回中（一作還與萬方同）
玉樹（一作殿）春歸日（一作好）金宮樂事多後庭朝未入輕輦夜
相過笑出花間語嬌來燭下歌莫教明月去留著醉
姮娥
繡户香風暖紗牕曙色新宮花爭笑日池草暗生春
綠樹聞歌鳥青樓見舞人昭陽桃李月羅綺自（一作坐）相
親

今日明光裏還須結伴遊春風開紫殿天樂下珠樓
豔舞全知巧嬌歌半欲羞更憐花月夜宮女笑藏鉤
寒雪梅中盡春風柳上歸宮鶯嬌欲醉簷鷰語還飛
遲日明歌席新花豔舞衣晚來移綵仗行樂好光輝
水綠南薰殿花紅北闕樓鶯歌聞太液鳳吹遶瀛洲
素女鳴珠佩天人弄綵毬今朝風日好宜入未央遊

清平調詞三首

雲想衣裳花想容春風拂檻露華濃若非羣玉山頭
見會向瑤臺月下逢
一枝紅豔露凝香雲雨巫山枉斷腸借問漢宮誰得
似可憐飛鷰倚新粧

名花傾國兩相歡長得君王帶笑看解釋春風無限
恨沉香亭北倚闌干

鼓吹入朝曲

金陵控海浦淥水帶吳京鐃歌列騎吹颯沓引公卿
槌鐘速嚴妝伐鼓啟重城天子憑玉案劒履若雲行
日出照萬戶簪裾爛明星朝罷沐浴閑遨遊閬風亭
濟濟雙闕下歡娛樂恩榮

秦女休行 古詞魏朝協律都尉左延年所作今擬之

西門秦氏女秀色如瓊花手揮白楊刀清晝殺讎家
羅袖灑赤血英聲凌紫霞直上西山去關吏相邀遮
婿為燕國王身被詔獄加犯刑若履虎不畏落爪牙

素頸未及斷摧眉伏泥沙金雞忽放赦大辟得寬賒
何慙聶政姊萬古共驚嗟

秦女卷衣

天子居未央妾來卷衣裳顧無紫宮寵敢拂黃金牀
水至亦不去熊來尚可當微身奉日月飄若螢火光
願君採葑菲無以下體妨

東武吟 一作出金門後書懷留別翰林諸公

好古笑流俗素聞賢達風方希佐明主長揖辭成功
白日在高天回光燭微躬恭承鳳凰詔欻起雲蘿中
清切紫霄迥優遊丹禁通君王賜顏色聲價凌煙虹
乘輿擁翠蓋扈從金城東寶馬麗絕景錦衣入新豐

倚巖望松雪對酒鳴絲桐因學揚子雲獻賦甘泉宮
天書美片善清芬播無窮歸來入咸陽談笑皆王公
一朝去金馬飄落成飛蓬賓友日踈散玉樽亦已空
才力猶可倚（一作恃）不慙世上雄閑作東武吟曲盡情未
終書此謝知己吾尋黃綺翁（一作扁舟尋釣翁）

邯鄲才人嫁為厮養卒婦

妾本叢臺女揚蛾入丹闕自倚顏如花寧知有凋歇
一辭玉階下去若朝雲沒每憶邯鄲城深宮夢秋月
君王不可見惆悵至明發

出自薊北門行

虜陣橫北荒胡星曜精芒羽書速驚電烽火晝連光

虎竹救邊急戎車森已行明主不安席按劍心飛揚
推轂出猛將連旗登戰場兵威衝絶漠殺氣凌穹蒼
列卒（一作陣）赤山下開營紫塞傍孟冬風沙緊旌旗（一作旆）颯
凋傷畫角悲海月征衣卷天霜揮刃斬樓蘭彎弓射
賢王單于一平蕩種落自奔亡收功報天子行歌（一作歌舞）
歸咸陽

洛陽陌

白玉誰家郎回車渡天津看花東陌上驚動洛陽人

北上行

北上何所苦北上緣太行磴道盤且峻巉巖凌穹蒼
馬足蹶側石車輪摧高岡沙塵接幽州烽火連胡方

殺氣毒劒戟嚴風裂衣裳奔鯨夾黃河鑿齒屯洛陽
前行無歸日返顧思舊鄉慘戚冰雪裏悲號絶中腸
尺布不掩體皮膚劇枯桑汲水澗谷阻採薪隴坂長
猛虎又掉尾磨牙皓秋霜草木不可飡飢飲零露漿
歎此北上苦停驂為之傷何日王道平開顔覩天光

短歌行

白日何短短百年苦易滿蒼穹浩浩茫茫萬刼太極長
麻姑垂兩鬢一半已成霜天公見玉女大笑億千場
吾欲攬六龍回車挂扶桑北斗酌美酒勸龍各一觴
富貴非所願為一作與人駐頹一作頽又作流光

空城雀

嗷嗷空城雀身計何戚促本與鷦鷯羣不隨鳳凰族提攜四黃口飲[illegible]未嘗足食君糠粃餘常恐烏鳶逐恥涉太行險羞營覆車粟天命有定端守分絕所欲

發白馬

將軍發白馬旌節渡黃河簫鼓聒川嶽滄溟湧濤（一作洪）波武安有震瓦易水無寒歌鐵騎若雪山飲流涸滹沱揚兵獵月窟轉戰略朝那倚劍登燕然邊烽列嵯峨蕭條萬里外耕作五原多一掃清大漠包虎戢金戈

陌上桑

美女渭橋東（一作美女緗綺衣又作遊女）春還（一作[illegible]）事蠶作五馬飛如

花（一作如花飛又作如飛龍）青絲結金絡不知誰家子調笑來相謔
妾本秦羅敷玉顏豔名都綠條映素手採桑向城隅
使君且不顧況復論秋胡寒螿愛碧草鳴鳳棲青梧
託心自有處但怪旁人愚徒令白日暮高駕空踟躕

枯魚過河泣

白龍改常服偶被豫且制誰使爾為魚徒為訴天帝
作書報鯨鯢勿恃風濤勢濤落歸泥沙翻遭螻蟻噬
萬乘慎出入柏人以為誡（一作識）

丁都護（一作督護）歌

雲陽上征去兩岸饒商賈吳牛喘月時拖船一何苦
水濁不可飲壺漿半成土一唱都護歌心摧淚如雨

萬人繫盤石無由達江滸君看石芒碭掩淚悲千古

相逢行 一云有贈

胡騎五花馬謁帝出銀臺秀色誰家子雲車一作中珠箔開金鞭遙指點玉勒近遲回夾轂相借問疑一作知從天上來一本更添憐腸愁欲斷斜日復相催下車何輕盈飄然似落梅邀入青綺門當歌共銜盃一作嬌羞初解珮語笑共銜盃銜杯映歌扇似月雲中見相見不得一作相親不如不相見相見情已深未語可知心胡爲守空閨孤眠愁錦衾錦衾與羅帷纏綿會有時春風正澹蕩暮雨來何遲一作春風正糾結青鳥來何遲願因三青鳥更報長相思光景不待人須臾髮成絲當年失行樂老去徒傷悲持此道密意無令曠佳期

千里思 一作千里曲

李陵沒胡沙蘇武還漢家迢迢五原關朔雪亂邊花

一作愁見 一雪如北 一去隔絕國思歸但長嗟鴻鴈向西北因

一作雁 書報天涯

樹中草

鳥銜野田草誤入枯桑裏客土植危根逢春猶不死

草木雖無情因依尚可生如何同枝葉各自有枯榮

君馬黃

君馬黃我馬白馬色雖不同人心本無隔共作遊冶

盤雙行洛陽陌長劒既照曜高冠何赩赫各有千金

裘俱為五侯客猛虎落陷穽壯夫時屈厄相知在急

華獨好亦一作如何益

擬古

融融白玉輝映我青蛾眉寶鏡似空水落花如風吹出門望同子蕩漾不可期安得黃鶴羽一報佳人知

折楊柳

垂楊一作楊柳拂渌水搖豔一作豔裔東風年花明玉關雪葉暖金窻煙美人結長想對此心悽然攀條折春色遠寄龍庭前一作龍沙邊

鳳凰曲

嬴女吹玉簫吟弄天上春青鸞不獨去更有攜手人影滅綵雲斷遺聲落西秦

少年子

青雲少年子挾彈章臺左鞍馬四邊開突如流星過
金丸落飛鳥夜入瓊樓臥夷齊是何人獨守西山餓

紫騮馬

紫騮行（一作驕）且嘶雙翻碧玉蹄臨流不肯渡似惜錦障
泥白雪關山（一作城）遠黃雲海戍迷揮鞭萬里去安（一作何）得
念（一作寒）春閨

少年行二首（後一首亦作小放歌行）

擊筑飲美酒劍歌易水湄經過燕太子結託并州兒
少年負壯氣奮烈自有時因聲魯句踐爭情（一作博）勿
相欺

五陵年少金市東銀鞍白馬度春風落花踏盡遊何
處笑入胡姬酒肆中

白鼻騧

銀一作金鞍白鼻騧綠地障泥錦細雨春風花落時一作春風細雨
落花時　揮鞭直就胡姬飲

豫章行

胡風吹代馬一作燕人攢赤羽　北擁魯陽關吳兵照海雪西
討何時還半渡上遼津黃雲慘無顏老母與子別呼
天野草間白馬一作百鳥繞旌旗悲鳴相追攀白楊秋月苦
早落豫章山本爲休明人斬虜素不閑豈惜戰鬬死
爲君掃凶頑精感石沒羽豈云憚險艱樓船若鯨飛

波蕩落星灣此曲不可奏三軍鬢成斑

沐浴子

沐芳莫彈冠浴蘭莫振衣處世忌太潔志至（一作）人貴藏
暉滄浪有釣叟吾與爾同歸

李太白文集卷第五

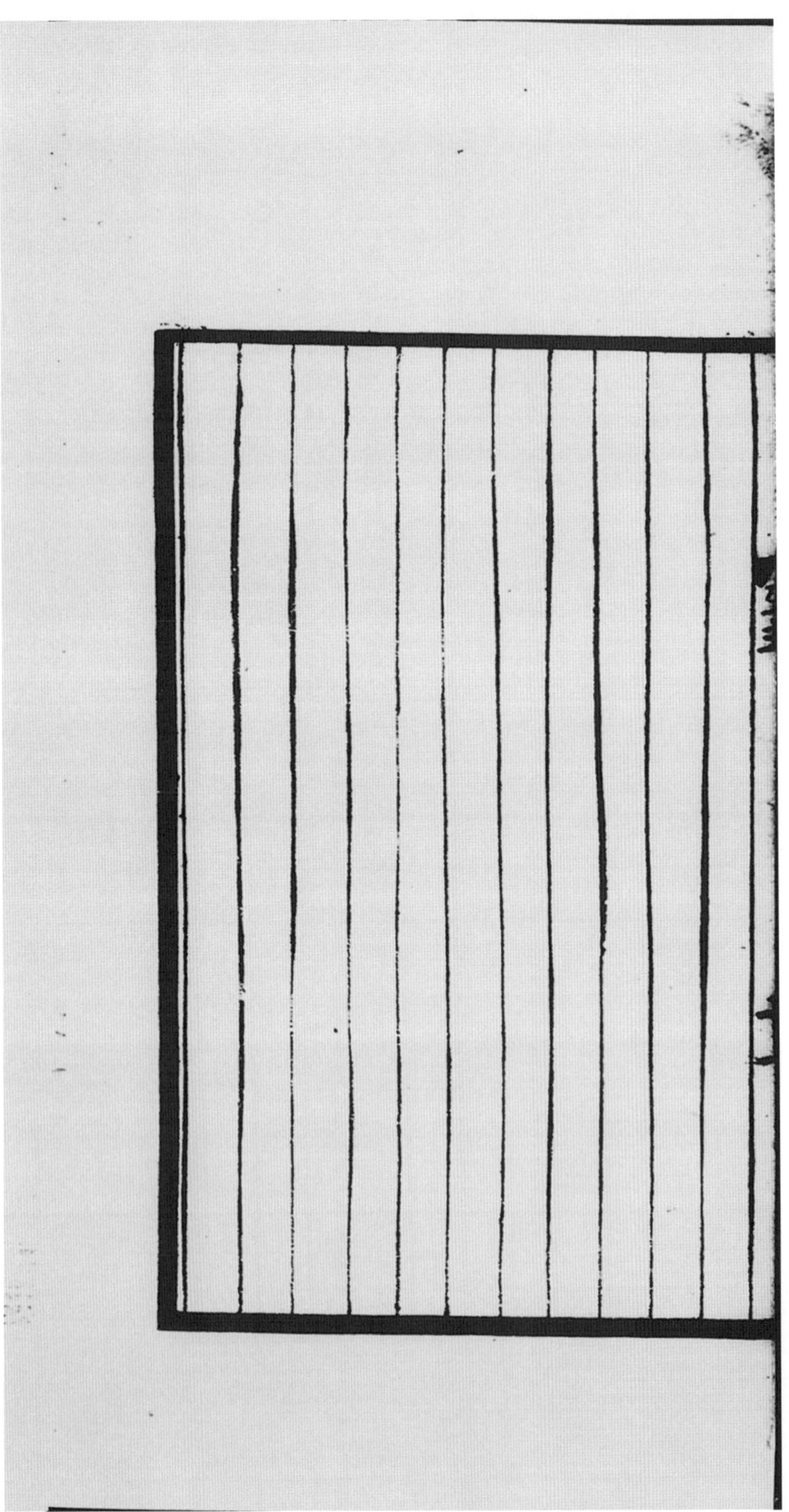

李太白文集巻第六

歌詩三十三首

樂府四

高句驪

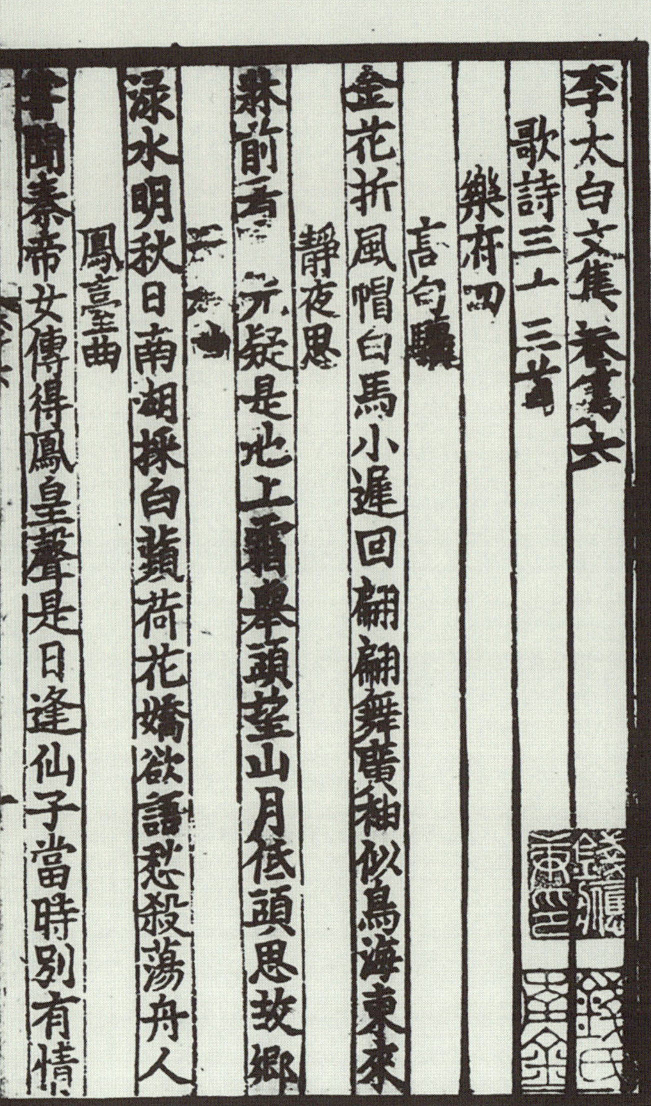

金花折風帽白馬小遲回翩翩舞廣袖似鳥海東來

靜夜思

牀前看月光疑是地上霜舉頭望山月低頭思故郷

淥水明秋日南湖採白蘋荷花嬌欲語愁殺蕩舟人

鳳臺曲

嘗聞秦帝女傳得鳳皇聲是日逢仙子當時別有情

人吹彩簫去天借緑雲迎心曲一作在身不返空餘弄玉
名

猛虎行一作吟

朝作猛虎行暮作猛虎吟一作行亦猛虎吟坐亦猛虎吟腸斷非關隴
頭水淚下不爲雍明琴旌一作旌旗繽紛兩河道戰鼓驚
山欲傾倒秦人半作燕地囚胡馬翻銜洛陽草一輸
一失關下兵朝降夕叛幽薊城巨鼇未斬海水動魚
龍奔走安得寧頗似楚漢時翻覆無定止朝過博浪
沙暮入淮陰市張良未遇韓信貧劉項存亡在兩臣
暫到下邳受兵略來投漂母作主人賢哲栖栖古如
此今時亦棄青雲士有策不敢犯龍鱗竄身南國避

胡塵寶書玉劍挂高閣金鞍駿馬散故人昨日方爲
宣城客掣鈴交通二千石有時六博快壯心一作使寸心遶
林三匝呼一擲楚人每道張旭奇心藏風雲世莫知
三吳邦伯皆一作多顧眄四海雄俠兩追隨一作皆相推蕭曹
作沛中吏攀龍附鳳當有時溧陽酒樓三月春楊花
茫茫一作漠漠愁殺人胡鶵綠眼吹玉笛吳歌白紵飛梁塵
丈夫相見一作到處且爲樂槌牛撾鼓會眾賓我從此去釣
東海得魚笑寄情相親

從軍行

從軍玉門道逐虜金微山笛奏梅花曲刀開明月環
鼓聲鳴海上兵氣擁雲間願斬單于首長驅靜鐵關

秋思

春陽如昨日碧樹鳴黃鸝蕪然蕙草暮颯爾涼風吹
天秋木葉下月冷莎雞悲坐愁群芳歇白露凋華滋

春思

燕草如碧絲秦桑低綠枝當君懷歸日是妾斷腸時
春風不相識何事入羅幃

秋思

閼氏黃葉落妾望白登臺海上（一作月出）碧雲斷單于（一作蟬聲）秋
色來胡兵沙塞合漢使玉關回征客無歸日空悲蕙
草摧

子夜吳歌　春　夏　秋　冬

秦地羅敷女採桑綠水邊素手青條上紅粧白日鮮
蠶飢妾欲去五馬莫留連

春

鏡湖三百里菡萏發荷花五月西施採人看隘若耶
回舟不待月歸去越王家

夏

長安一片月萬戶擣衣聲秋風吹不盡總是玉關情
何日平胡虜良人罷遠征

秋

明朝驛使發一夜絮征袍素手抽針冷那堪把剪刀
裁縫寄遠道幾日到臨洮

冬

對酒

松子棲金華安期入蓬海此人古之仙羽化竟何在
浮生速流電倏忽變光彩天地無凋換容顏有遷改
對酒不肯飲含情欲誰待

估客樂

海客乘天風將船遠行役譬如雲中鳥一去無蹤跡

少年行

君不見淮南少年游俠客白日毬獵夜擁擲呼盧百
萬終不惜報讎千里如咫尺少年遊俠好經過渾身
裝束皆綺羅蘭蕙相隨喧妓女風光去處滿笙歌驕

矜自言不可有俠士堂中養來乆好鞍好馬乞與人十千五千旋沽酒赤心用盡爲知巳黄金不惜栽桃李桃李栽來幾度春一回花落一回新府縣盡爲門下客王侯皆是平交人男兒百年且樂命何須徇書受貧病男兒百年且榮身何須徇節甘風塵衣冠半是征戰士窮儒浪作林泉民遮莫枝根長百丈不如當代多還往遮莫親姻連帝城不如當身自簪纓看取富貴眼前者何用悠悠身後名

擣衣篇

閨裏佳人年十餘嚬蛾對影恨離居忽逢江上春歸燕銜得雲中尺素書玉手開緘長歎息狂夫猶戍交

河北萬里交河水北流願爲雙鳥泛中洲君邊雲擁
青絲騎妾處苔生紅粉樓樓上春風日將歇誰能攬
鏡看愁髮曉吹負管隨落花夜擣戎衣向明月明月
高高刻漏長真珠簾箔掩蘭堂橫垂寶幄同心結半
拂瓊筵蘇合香瓊筵寶幄連枝錦燈燭熒熒照孤寢
有使憑將金剪刀爲君留下相思枕摘盡庭蘭不見
君紅巾拭淚坐氤氳明年更若征邊塞願作陽臺一
段雲

去婦詞

古來有棄婦棄婦有歸處今日妾辭君辭君遣何去
本家零落盡慟哭來時路憶昔未嫁君聞君卻周旋

綺羅錦繡段有贈黄金千十五許嫁君二十移所天
自從結髮日未幾離君緬山川家家盡歡喜孤妾長
自憐幽閨多怨思盛色無十年相思若循環枕席生
流泉流泉咽不掃獨夢關山道及此見君歸君歸妾
已老物華惡衰賤新寵方妍好掩淚出故房傷心劇
秋草自妾為君妻君東妾在西羅幃到曉恨玉貌一
生啼自從離別久不覺塵埃厚常嫌玳瑁孤猶羨鴛
鴦偶歳華逐霜霰賤妾何能久寒沼落芙蓉秋風散
楊柳以此顦顇顔空持舊物還餘生欲何寄誰肯相
牽攣君恩既斷絶相見何年月悔傾連理杯虚作同
心結妾蘿附青松貴欲相依投浮萍失綠水教作若

爲流不歎君棄妻自歎妾緣業憶昔初嫁君小姑纔
倚牀今日妾辭君小姑如妾長回頭語小姑莫嫁如
兄夫

長歌行

桃李得日開榮華照當年東風動百物草木盡欲言
枯枝無醜葉涸水吐清泉大力運天地羲和無停鞭
功名不早著竹帛將何宣桃李務青春誰能貫白日
富貴與神仙蹉跎成兩失金石猶銷鑠風霜無久質
畏落日月後強歡歌與酒秋霜不惜人倏忽侵蒲柳

長相思

日色色盡花含煙月明欲素秋不眠趙瑟初停鳳凰

柱蜀琴欲奏鴛鴦絃此曲有意無人傳願隨春風寄
燕然憶君迢迢隔青天昔時横波目今爲流淚泉不
信妾腸斷歸來看取明鏡前

歌吟上

襄陽歌 襄漢

落日欲没峴山西倒著接䍦（一作行客醉歸）花下迷襄陽小兒
齊拍手攔街爭唱白銅鞮傍人借問笑何事笑殺山
公醉似泥鸕鷀杓鸚鵡盃百年三萬六千日一日須
傾三百盃遥看漢水鴨頭緑恰似葡萄初醱醅此江
若變作春酒壘麴便築糟丘臺千金駿馬換少妾醉
坐雕鞍歌落梅車傍側挂一壺酒鳳笙龍管行相催

咸陽市中歎黄犬何如月下傾金罍君不見晉朝羊公一片古碑材龜頭剥落生莓苔淚亦不能為之墮心亦不能為之哀誰能憂彼身後事金鳬銀鴨葬死灰清風朗月不用一錢買玉山自倒非人推舒州杓力士鐺（一作黄金爵白玉瓶）李白（一作謫仙）與爾同死生襄王雲雨今安在江水東流猿夜聲

南都行

南都信佳麗武闕横西關白水真人居萬商羅鄽闤高樓對紫陌甲第連青山此地多英豪邈然不可攀陶朱與五羖名播天壤間麗華秀玉色漢女嬌朱（一作）顏清歌遏流雲艷舞有餘閑遨遊盛宛洛冠蓋隨風還

走馬紅陽城呼鷹白河灣誰識卧龍客長吟愁鬢班

江上吟（一作江上遊）

木蘭之枻沙棠舟玉簫金管坐兩頭美酒樽（一作尊）中置千斛載妓隨波任去流仙人有待乘黄鶴海客無心隨（一作狎）白鷗屈平詞賦懸日月楚王臺榭空山丘興酣落筆揺五岳詩成嘯傲凌滄洲功名富貴若長在漢水亦應西北流

侍從宜春苑奉詔賦龍池柳色初青聽新鶯百囀歌（長安）

東風已綠瀛洲草紫殿紅樓覺春好池南柳色半青青縈煙裊娜拂綺城垂絲百尺挂雕楹上有好鳥相

和鳴間關早得春風情春風卷入碧雲去千門萬戶
皆春聲是時君王在鎬京五雲垂暉耀紫清仗出金
宮隨日轉天回玉輦繞花行始向蓬萊看舞鶴還過
茝若聽新鶯新鶯飛繞上林苑願入簫韶雜鳳笙

玉壺吟

列士擊玉壺壯心惜暮年三盃拂劔舞秋月忽然高
詠涕泗漣（一作秋月忽高懸）鳳凰初下紫泥詔謁帝稱觴登御
筵揄揚九重萬乘主謔浪赤墀青瑣賢朝天數換飛
龍馬敕賜珊瑚白玉鞭世人不識東方朔大隱金門
是謫仙西施宜美復宜嚬醜女效之徒集身君王雖
愛蛾眉好無奈宮中妬殺人

笑歌行

笑矣乎笑矣乎君不見曲如鉤古人知爾封公侯君不見直如絃古人知爾死道邊張儀所以只掉三寸舌蘇秦所以不墾二頃田笑矣乎笑矣乎君不見滄浪老人歌一曲還道滄浪濯吾足平生不解謀此身虛作離騷遣人讀笑矣乎笑矣乎趙有豫讓楚屈平賣身買得千年名巢由洗耳有何益夷齊餓死終無成君愛身後名我愛眼前酒飲酒眼前樂虛名何處有男兒窮通當有時曲腰向君君不知猛虎不看机上肉洪爐不鑄囊中錐笑矣乎笑矣乎甯武子朱買臣叩角行歌背負薪今日逢君君不識豈得不如佯

狂人

悲歌行

悲來乎悲來乎主人有酒且莫斟聽我一曲悲來吟悲來不吟還不笑天下無人知我心君有數斗酒我有三尺琴琴鳴酒樂兩相得一杯不啻千鈞金悲來乎悲來乎天雖長地雖久金玉滿堂應不守富貴百年能幾何死生一度人皆有孤猿坐啼墳上月且須一盡杯中酒悲來乎悲來乎鳳鳥不至河無圖微子去之箕子奴漢帝不憶李將軍楚王放却屈大夫悲來乎悲來乎秦家李斯早追悔虛名撥向身之外范子何曾愛五湖功成名遂身自退劒是一夫用書能

知姓名惠施不肯干萬乘卜式未必窮一經還須黒
頭取方伯莫謾白首爲儒生

豳歌行上新平長史兄粲 陝西

豳谷稍稍振庭柯涇水浩浩揚湍波哀鴻酸嘶暮聲
急愁雲蒼慘寒氣多憶昨去家此爲客荷花初紅柳
條碧中宵出飲三百盃明朝歸揖二千石寧知流寓
變光輝胡霜蕭颯繞客衣寒灰寂寞竟誰暖落葉飄
揚何處歸吾兄行樂窮曛旭滿堂有美顏如玉趙女
長歌入彩雲燕姬醉舞嬌紅燭狐裘獸炭酌流霞壯
士悲吟寧見嗟前榮後枯相飜覆何惜餘光及棣華

西岳雲臺歌送丹丘子

西岳崢嶸何壯哉黄河如絲天際來黄河萬里觸山動盤渦轂（一作谷）轉秦地雷榮光休氣紛五彩千年一清聖人在巨靈咆哮擘兩山洪波噴流射東海（一作箭射流東海）三峯却立如欲摧翠崖丹谷高掌開白帝金精運元氣石作蓮花雲作臺雲臺閣道連窈冥（一作人不到）中有不死丹丘生明星玉女備灑掃麻姑搔背指爪輕我皇手把天地户丹丘談天與天語九重出入生光輝東求蓬萊復西歸玉漿儻惠故人飲騎二茅龍上天飛

元丹丘歌

元丹丘愛（一作好）神仙朝飲潁川（一作水）之清流暮還嵩岑之紫煙三十六峯長周旋長周旋躡星虹身騎飛龍耳

生風横河跨海與天通我知爾遊心無窮

扶風豪士歌

洛陽三月飛胡沙洛陽城中人怨嗟天津流水波赤血白骨相撑如亂麻我亦東奔向吳國（一作來奔溧溪上）浮雲四塞道路賒東方日出啼早鴉城門人開掃落花梧桐楊柳拂金井來醉扶風豪士家扶風豪士天下奇意氣相傾山可移作人不倚將軍勢飲酒豈顧尚書期雕盤綺食會衆客吳歌趙舞香風吹原嘗春陵六國時開心寫意君所知堂中各有三千士明日報恩知是誰撫長劒一揚眉清水白石何離離脱吾帽向君笑飲君酒爲君吟張良未逐赤松去橋邊黄石知

我心

同族弟金城尉叔一作升卿燭照山水壁畫歌

高堂粉壁圖蓬瀛燭前一見滄洲清洪波洶湧山崢嶸皎若丹丘隅海望赤城光中乍喜嵐氣滅謂逢山陰晴後雪迴谿碧流寂無喧又如秦人月下窺花源了然不覺清心魂秖將疊嶂鳴秋猿與君對此歡未歇放歌行吟達明發却顧海客揚雲帆便欲因之向溟渤

白毫子歌

淮南小山白毫子乃在淮南小山裏夜臥松下雲朝飡石中髓小山連一作聯綿向江開碧峯巉巖淥水迴余

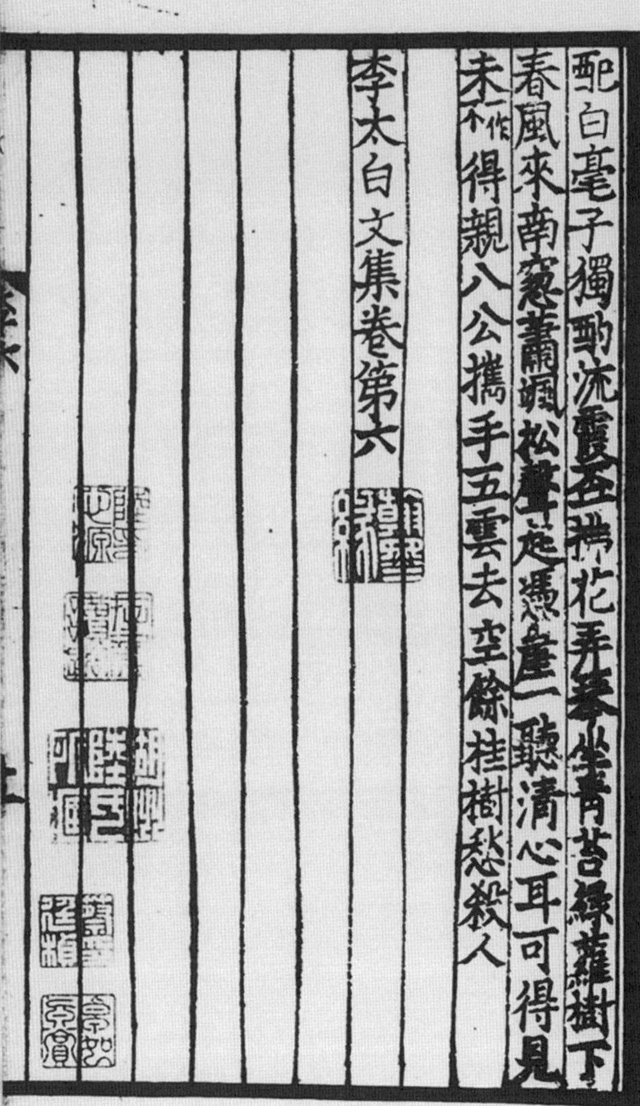

酡白毫子獨酌流霞盃拂花弄琴坐青苔綠蘿樹下
春風來南窓蕭颯松聲起憑崖一聽清心耳可得見
未（一作不）得親八公攜手五雲去空餘桂樹愁殺人

李太白文集卷第六

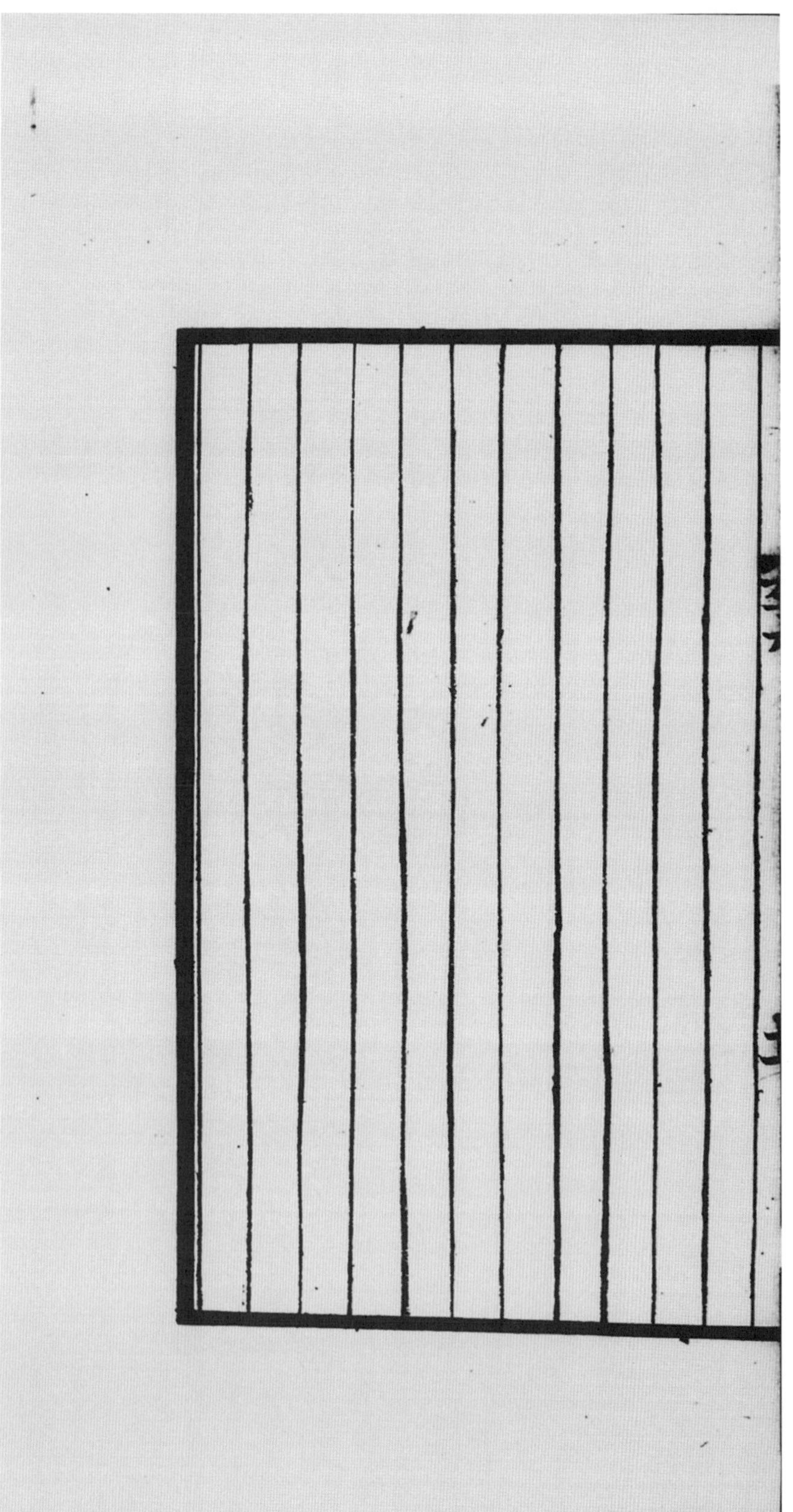

196
12
5 13
四

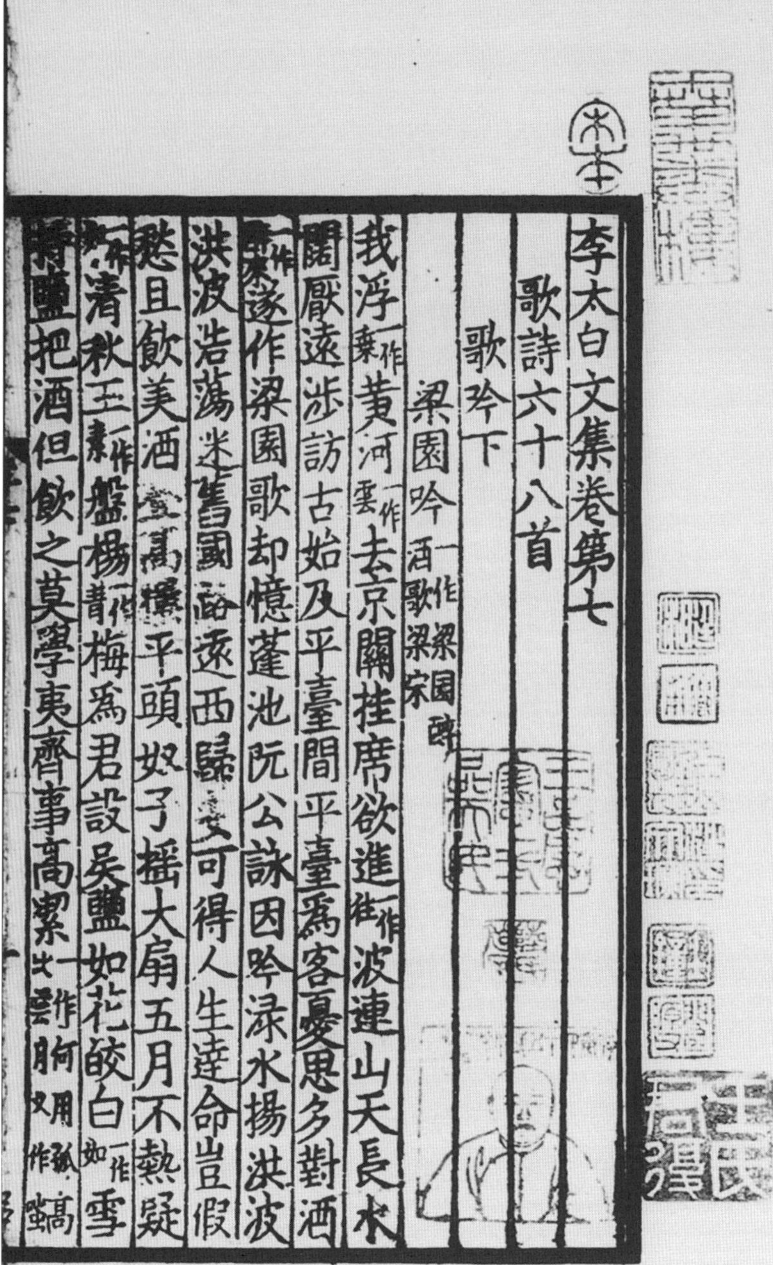

李太白文集卷第七

歌詩六十八首

歌吟下

梁園吟一作梁園醉酒歌梁宋

我浮一作乘黃河一作雲去京闕挂席欲進一作往波連山天長水
闊厭遠涉訪古始及平臺間平臺爲客憂思多對酒
一作乘興遂作梁園歌却憶蓬池阮公詠因吟淥水揚洪波
洪波浩蕩迷舊國路遠西歸安可得人生達命豈假
愁且飲美酒登高樓平頭奴子搖大扇五月不熱疑
一作天清秋玉一作素盤楊一作青梅爲君設吳鹽如花皎白一作如雪
持鹽把酒但飲之莫學夷齊事高潔一作何用孤高比雲月又作[illegible]

[illegible]一作[illegible]昔人豪貴信陵君今人耕種信陵墳荒城虛
[illegible]照碧山月古木盡入蒼梧雲梁王宮闕一作賓客今安
在枚馬先歸不相待舞影歌聲散淥池空餘汴水東
流海沉吟此事淚滿衣黃金買醉未能一作莫言歸連呼五
白行一作投六博分曹賭酒酣一作看馳暉酣一作看馳暉歌且謠
意方遠東山高臥時一作忽又作還起來欲濟蒼生未應晚

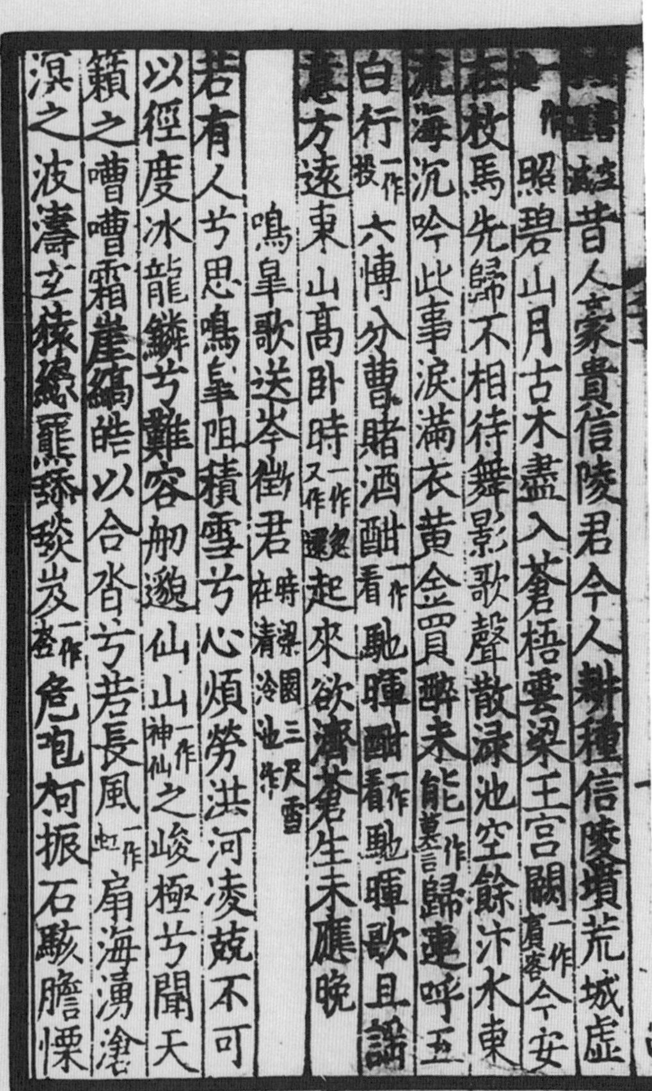

鳴皐歌送岑徵君 時梁園三尺雪在清泠池作

若有人兮思鳴皐阻積雪兮心煩勞洪河凌兢不可
以徑度冰龍鱗兮難容舠邈仙山一作神仙之峻極兮聞天
籟之嘈嘈霜崖縞皓以合沓兮若長風一作虹扇海湧滄
溟之波濤玄猿綠羆舔談岌一作崟危[illegible]柯振石駭膽慄

魎羣呼而相號峯崢嶸以路絕挂星辰於巖嶅送君
之歸兮動鳴皐之新作交鼓吹兮彈絲觴清泠之池
閣君不行兮何待若返顧之黃鶴掃梁園之羣英振
大雅於東洛巾征軒兮歷阻折尋幽居兮越巘崿盤
白石兮坐素月琴松風兮寂(一作昇)萬壑望不見兮心氛
氳蘿冥冥兮霰紛紛水橫洞以下淥波小聲而上聞
虎嘯谷而生風龍藏谿而吐雲冥(一作寡)鶴清唳飢鼯嚬
呻塊獨處此幽默兮愀(一作啼)空山而(一作兮)愁人雞聚族以
爭食鳳孤飛而無鄰蝘蜓嘲龍魚目混珍嫫母衣錦
西施負薪若使巢由桎梏於軒冕兮亦奚異乎夔龍
蹩躠於風塵哭何苦而救楚笑何誇而却秦吾誠不

能學二子詒名矯節以耀世兮固將棄天地而遺身白鷗兮飛來長與君兮相親

鳴皐歌奉餞從翁清歸五崖山居

昨憶鳴皐夢裏還手弄素月清潭間覺時枕席非碧山側身西望阻秦關麒麟閣上春還早著書却憶伊陽好青松來風吹石道綠蘿飛花覆煙草我家仙公愛清真才雄草聖凌古人欲臥鳴皐絕世塵鳴皐微茫在何處五崖峽(一作溪)水橫樵路身披翠雲裘袖拂紫煙(一作雲)去去時應過嵩少間相思爲折三花樹

僧伽歌

真僧法號號僧伽有時與我論三車問言誦呪幾千

徧口道恒河沙復沙此僧本住南天竺爲法頭陀來
此國戒得長天秋月明心如世上青蓮色意清淨皃
稜稜亦不減亦不增瓶裏千年舍利骨手中萬歲胡
孫藤嗟子落泊江淮久罕遇真僧說空有一言懺盡
波羅夷再禮渾除犯輕垢

白雲歌送劉十六歸山

楚山秦山皆白雲白雲處處長隨君長隨君君入楚
山裏雲亦隨君渡湘水湘水上女羅衣白雲堪卧君
早歸

金陵歌送別范宣　金陵

石頭巉巖如虎踞凌波欲過滄江去鍾山龍盤走勢

來秀色橫分歷陽樹四十餘帝三百秋功名事跡隨東流白馬小兒誰家子泰清之歲來關囚（一作白馬金鞍誰家子吹唇虎嘯鳳凰樓）金陵昔時何壯哉席卷英豪天下來冠蓋散爲煙霧盡金輿玉座成寒灰扣劒悲吟空咄嗟梁陳白骨亂如麻天子龍沉景陽井誰歌玉樹後庭花此地傷心不能道目（一作日）下離離長春草送爾長江萬里心他年來訪南山皓

勞勞亭歌（在江寧縣南十五里古送別之所一名臨滄觀）

金陵勞勞送客堂蔓草離離生道傍古情不盡東流水此地悲風愁白楊我乘素舸同康樂朗詠清川飛夜霜昔聞牛渚吟五章今來何謝袁家郎苦竹寒聲

動秋月獨宿空簾歸夢長

橫江詞六首

人言橫江好儂道橫江惡一風三日吹倒山（一作猛風吹倒天門山）白浪高於瓦官閣

海潮南去過尋陽牛渚由來險馬當橫江欲渡風波惡一水牽愁萬里長

橫江西望阻西秦漢水東連（一作楚水東流）楊子津白浪如山那可渡狂風愁殺峭帆人

海神來過惡風迴浪打天門石壁開浙江八月何如此濤似連山噴雪來

橫江館前津吏迎向余東指海雲生郎今欲渡緣何

事如此風波不可行
月暈天風霧不開海鯨東蹙百一作衆川迴驚波一起三
山動公無一作莫渡河歸去來

金陵城西樓月下吟

金陵夜寂一作静涼風發獨上高一作西樓望吴越白雲映水
揺空一作秋城白露垂珠滴秋月一作沾衣月濕秋月下沈一作長吟久
不歸古來一作今相接眼中稀解道澄江淨如練令人長
憶謝玄暉一作還

東山吟去江寧城三十五里晉謝安攜妓之所一云醉過謝安東山

攜妓東土山悵然悲謝安我妓今朝如花月他妓古
墳荒草寒白雞夢後五三一作百歳酒酒澆君同所懽

來自作青海舞秋風吹落紫綺冠彼亦一時此亦一
時浩浩洪流之一作高詠何必奇

秋浦歌十七首　秋浦

秋浦長似秋蕭條使人愁客愁不可渡行上東大樓
正西望長安下見江水流寄言向江水汝意憶儂不
遥傳一掬淚爲我達揚州
秋浦猿夜愁黃山堪白頭青溪非隴水翻作斷腸流
欲去不得去薄遊成久遊何年是歸日雨淚下孤舟
秋浦錦駝鳥人間天上稀山雞羞淥水不敢照毛衣
兩鬢入秋浦一朝颯已衰猿聲催白髮長短盡成絲
秋浦多白猿超騰若飛雪牽引條上兒飲弄水中月

愁作秋浦客一作曲強看秋浦花山川如剡縣風日似長沙
醉上山公馬寒歌甯戚牛空吟白石爛淚滿黑貂裘
秋浦千重嶺水車嶺一作人行路最奇天傾欲墮石水拂寄
生枝
江祖一片石青天掃畫屏題詩留萬古緑字錦苔生
千千石楠樹萬萬女貞林山山白鷺一作鷴滿澗澗白猿
吟君莫向秋浦猿聲碎客心
邏人橫鳥道江祖出魚梁水急客舟疾山花拂面香
水如一疋練此地即平天耐可乗明月看花上酒船
淥水淨素月月明白鷺飛郎聽採菱女一道夜歌歸
爐火照天地紅星亂紫煙赧郎明月夜歌曲動寒川

白髮三千丈縁愁似箇長不知明鏡裏何處得秋霜
秋浦田舍翁採魚水中宿妻子張白鷴結罝映深竹
桃波一步地了了語聲聞闇與山僧別低頭禮白雲

當塗趙炎少府粉圖山水歌

峨眉高出西極天羅浮直與南溟連名工繹思揮彩
筆驅山走海置眼前滿堂空翠如可掃赤城霞氣蒼
梧煙洞庭瀟湘意渺瀰三江七澤情洄沿驚濤洶湧
向何處孤舟一去迷歸年征帆不動亦不旋飄如隨
風落天邊心摇目斷興難盡幾時可到三山巔西峯
崢嶸噴流泉横石蹙水波潺湲東崖合沓蔽輕霧深
林雜樹空芊緜此中冥昧失晝夜隱机寂聽無鳴蟬

長松之下列羽客對坐不語南昌仙南昌仙人趙夫子妙年歷落青雲士訟庭無事羅衆賔杳然如在丹青（一作霄）裏五色粉圖安足珍真山可以全吾身若待功成拂衣去武陵桃花笑殺人

永王東巡歌十一首（永王璘）

永王正月東出師天子遥分龍虎旗樓舩一擧風波靜江漢飜爲鴈鶩池

三川北虜亂如麻四海南奔似永嘉但用東山謝安石爲君談笑靜胡沙

雷鼓嘈嘈喧武昌雲旗獵獵過尋陽秋毫不犯三吳悅春日遥看五色光

龍盤虎踞帝王州帝子金陵訪古丘春風試暖昭陽
殿明月還過鳷鵲樓
二帝巡遊俱不迴五陵松柏使人哀諸侯不救河南
地更喜賢王遠道來
丹陽北固是吳關畫出樓臺雲水間千巖烽火連滄
海兩岸旌旗繞碧山
王出三江按五湖樓船跨海次揚都戰艦森森羅虎
士征帆一一引龍駒
長風掛席勢難迴海動山傾古月摧君看帝子浮江
日何似龍驤出峽來
祖龍浮海不成橋漢武尋陽空射蛟我王樓艦輕秦

漢却似天皇欲渡遼
帝寵賢王入楚關掃清江漢始應還初從雲夢開朱
邸更取金陵作小山
試借君王玉馬鞭指麾戎虜坐瓊筵南風一掃胡塵
靜西入長安到日邊

上皇西巡南京歌十首

胡塵輕拂建章臺聖主西巡蜀道來劒壁門高五千
尺石爲樓閣九天開
九天開出一成都萬戶千門入畫圖草樹雲山如錦
繡秦川得及此間無
德陽春樹似新豐行入新都若舊宮柳色未饒秦地

緣花光不減上林紅
誰道君王行路難六龍西幸萬人歡地轉錦江成渭
水天迴玉壘作長安
萬國同風共一時錦江何謝曲江池石鏡更明天上
月後宮親一作新得照娥眉
濯錦清江萬里流雲帆龍舸下楊州北地雖誇上林
苑南京還有散花樓
錦水東流繞錦城星橋北挂象天星四海此中朝聖
主峩眉山上一作下列仙庭
秦開蜀道置金牛漢水元通星漢流天子一行遺聖
跡錦城長作帝王州

水渌天青不起塵風光和暖勝三秦萬國煙花隨玉
輦西來添作錦江春
劍閣重關蜀北門上皇歸馬若雲屯少帝長安開紫
極雙懸日月照乾坤

峨眉山月歌 峽路

峨眉山月半輪秋影入平羌江水流夜發清溪向三
峽思君不見下渝州

峨眉山月歌送蜀僧晏入中京

我在巴東三峽時西看明月憶峨眉月出峨眉一作峨眉山月
照滄海與人萬里長相隨黃鶴樓前月華白此中忽
見峨眉客峨眉山月還送君風吹西到長安陌長安

入道横九天峨眉山月照秦川黄金師子承高座白
玉麈尾談重玄我似浮雲滯吳越君逢聖主遊丹闕
一振高名滿帝都歸時一作來還弄峨眉月

赤壁歌送別　江夏

二龍爭戰決雌雄赤壁樓船掃地空烈火張天照雲
海周瑜於此破曹公君去滄江望一作弄澄碧鯨鯢唐突
留餘跡一一書來報故人我欲因一作觀之壯心魄

江夏行

憶昔嬌小姿春心亦自持為言嫁夫壻得免長相思
誰知[illegible]賈令人却愁苦自從為夫妻何曾在鄉土
去年下揚州相送黃鶴樓眼看帆去遠心逐江水流

只言期一載誰謂歷三秋使妾腸欲斷恨君情悠悠
東家西舍同時發北去南來不逾月未知行李遊何
方作箇音書能斷絶適來往南浦欲問西江船正見
當壚女紅粧二八年一種爲人妻獨自多悲悽對鏡
便垂淚逢人只欲啼不如輕薄兒旦暮長追隨悔作
商人婦青春長別離如今正好同歡樂君去容華誰
得知

懷仙歌

一鶴東飛過滄海放心散漫知何在仙人浩歌望我
來應攀玉樹長相待堯舜之事不足驚自餘囂囂直
可輕巨鼇莫戴三山去吾（一作我）欲蓬萊頂上行

玉真仙人詞

玉真之真(一作仙)人時往(一作西上)太華峯清晨鳴天鼓飈欻騰雙龍弄電不輟手行雲本無蹤幾時入少室王母應相逢

清溪行(宣城 一作宣州清溪)

清溪清我心水色異諸水借問新安江見底何如此人行明鏡中鳥度屏風裏向晩猩猩啼空悲遠遊子

酬殷佐明見贈五雲裘歌(謝朓宅在當塗青山下)

我吟謝朓詩上語朔風颯颯吹飛雨謝朓已沒青山空後來繼之有殷公粉圖珍裘五雲色曄如晴天散綵虹文章彪炳光陸離應是素娥玉女之所爲輕如

松花落金粉濃似[illegible]錦[illegible]遠山積翠橫海島殘
霞霏丹映江草凝毫採掇花露容幾年功成奪天造
故人贈我我不違著令山水含晴暉一作清輝頓驚謝康
樂詩興生我衣襟前林壑斂暝色袖上煙霞收夕霏
羣仙長歎驚此物千崖萬嶺相縈鬱身騎白鹿行飄
颻手翳紫芝笑披拂相如不足誇鸘鷞王恭鶴氅安
可方瑤臺雪花數千點片片吹落春風香爲君持此
凌蒼蒼上朝三十六玉皇下窺夫子不可及矯手相
思空斷腸

臨路歌

大鵬飛兮振八裔中天摧兮力不濟餘風激兮萬世

遊扶桑兮挂石袂後人得之傳此仲尼亡乎誰爲出涕

歷陽壯士勤將軍名思齊歌 井序

歷陽壯士勤將軍神力出於百夫則天太后召見奇之授游擊將軍賜錦袍玉帶朝野榮之後拜橫南將軍大臣慕義結十友即燕公張説館陶公郭元振爲首余壯之遂作詩

太古歷陽郡化爲洪川在江山猶鬱盤龍虎秘光彩蓄洩數千載風雲何霮䨴特生勤將軍神力百夫倍

草書歌行

少年上人號懷素草書天下稱獨步墨池飛出北溟魚筆鋒殺盡中山兔八月九月天氣涼酒徒辭客滿

高堂牋麻素絹排數箱宣州石硯墨色光吾師醉後
倚繩牀須臾掃盡數千張飄風驟雨驚颯颯落花飛
雪何茫茫起來向筆不停手一行數字大如斗怳怳
如聞神鬼驚時時只見龍蛇走左盤右蹙如驚電狀
同楚漢相攻戰湖南七郡凡幾家家家屏障書題徧
王逸少張伯英古來幾許浪得名張顛老死不足數
我師此義不師古古來萬事貴天生何必要公孫大
娘渾脫舞

古意

君爲女蘿草妾作兎絲花輕條不自引爲逐春風斜
百丈託遠松纒緜成一家誰言會面易各在青山崖

女蘿發馨香兎絲斷人腸枝枝相糾結葉葉竟飄揚
生子不知根因誰共芬芳中巢雙翡翠上宿紫鴛鴦
君識二草心海潮亦可量

山鷓鴣詞

苦竹嶺頭秋月輝苦竹南枝鷓鴣飛嫁得燕山胡鴈
壻欲銜我向鴈門歸山雞翟雉來相勸南禽多被北
禽欺紫塞嚴霜如劍戟蒼梧欲巢難背違我心誓死
不能去哀鳴驚叫淚霑衣

和盧侍御通塘曲

君誇通塘好通塘勝耶溪通塘在何處宛在尋陽西
青蘿裊裊拂煙樹白鷴處處聚沙堤石門中斷平湖

出百丈金潭照雲日何處滄浪垂釣翁鼓棹魚歌趣
非一相逢不相識出没繞逕塘浦邊清水明素足別
有浣紗吴女郎行盡渌潭潭轉幽疑是武陵春碧流
秦人雞犬桃花裏將此通塘渠見蓄通塘不忍別十
去九遲迴偶逢佳境心已醉忽有一鳥從天來月出
青山送行子四邊苦竹秋聲起長吟白雪望星河雙
垂兩足揚素波梁鴻德耀會稽日寧知此中樂[illegible]多

李太白文集卷第七

李太白文集卷第八

歌詩四十一首

贈一

贈孟浩然 襄漢

吾愛孟夫子　風流天下聞　紅顏棄軒冕　白首臥松雲

醉月頻中聖　迷花不事君　高山安可仰　從此揖清芬

贈從兄襄陽少府皓(一作晧)

結髮未識事　所交盡豪雄　卻秦不受賞　擊晉(一作救趙)寧為

功　託身白刃裏　殺人紅塵中　當朝揖高義　舉世欽英

風　小節豈足言　退耕舂陵東　歸來無產業　生事如轉

蓬　一朝孤(一作烏)裘弊　百鎰黃金空　彈劍徒激昂　出門悲路

窮吾兄青雲士然諾聞諸公所以陳片言片言貴情
通棣華儻不接甘與秋草同

贈張公洲革處士

列子居鄭圃不將衆庶分革侯遁南浦常恐楚人聞
抱甕灌秋蔬心閑遊天雲每將瓜田叟耕種漢水濱（一作濆）
時登張公洲入獸不亂羣井無桔槔事門絶刺繡文
長揖二千石遠辭百里君斯爲真隱者吾黨慕清芬

淮海對雪贈傅靄（一作淮南對雪贈孟浩然）

朔雪落吴（一作潮）天從風渡溟渤海樹（一作木）成陽春江沙皓
明月飄飄四荒外想像千花發瑶草生階墀玉塵散
庭闕興從剡溪起思繞梁山發寄君郢中歌曲罷心

斷絕一云剡溪興空在郢路歌未斷絕歌寄君淥水吟曲盡心斷絕

贈徐安宜

白田見楚老歌詠徐安宜製錦不擇地操刀良在茲
清風動百里惠化聞京師浮人若雲歸耕種滿郊岐
川光淨麥隴日色明桑枝訟息但長嘯賓來或解頤
青槐拂戶牖白一作碧水流園池遊子滯安邑懷恩未忍
辭翳君樹桃李歲晚託深期

贈任城盧主簿潛魯中

海鳥知天風竄身魯門東臨觴不能飲矯翼思凌空
鍾鼓不為樂煙霜誰與同歸飛未忍去流淚謝鴛鴻

早秋贈裴十七仲堪

遠海動風色吹愁(一作秋)落天涯南星變大火熱氣餘丹霞光景不可迴六龍轉天車荆人泣美玉魯叟悲匏瓜功業若夢裏(一作中)撫(一作推)琴發長嗟裴生信(一作實)英邁峭起多才華歷抵海岱豪結交魯朱家(一作歷遊趙魏豪結交列如藺)良圖竟未展意欲飛丹砂破産(一作亦)救人遺身不爲家復攜兩少女(一作妻)豔色驚荷花雙謌入青雲但惜白日斜窮(一作滄)溟出寶貝大澤饒龍蛇明主儻(一作必)見收煙霄路非賒知飛萬里道勿使歲寒差(一作時命若有會歸來鍊丹砂)

贈范金鄉二首

君子枉清眄不知東走迷離家未幾月絡緯鳴中閨桃李君不言攀花願成蹊那能吐芳信惠好相招攜

我有結綠珍久藏濁水泥時人棄此物乃與燕珉石齊拂拭欲贈之白眉路無梯遼東慙白豕楚客羞山雞徒有獻芹心終流泣三（一作血）啼祇應自索漠留舌示山妻

范宰不買名絃歌對前楹爲邦默自化日覺冰壺清百里雞犬靜千廬機杼鳴浮人少蕩析愛客多逢迎遊子覩嘉政因之聽頌聲

贈瑕丘王少府

皎皎鸞鳳姿飄飄神仙氣梅生亦何事來作南昌尉清風佐鳴琴寂寞道爲貴（一作爲雖貴）一見過所聞操持難與羣毫揮魯邑訟目送瀛洲雲我隱屠釣下爾當玉

石分無由接高論空此仰清芬

東魯見狄傳通

去年別我向何處有人傳道游江東謂言挂席度滄

海却來應是無長風

見京兆韋參軍量移東陽二首 吳中

湖水還歸海流人却到吳相逢問愁苦淚盡日南珠

聞說金華渡東連五百灘全勝若耶好莫道此行難

猿嘯千谿合松風五月寒他年一攜手搖艇入新安

贈丹陽橫山周處士惟長

周子橫山隱開門臨城隅連峯入戶牖勝槩凌方壺

時枉白紵詞放歌丹陽湖水色傲溟渤川光秀菰蒲

當其得意時心與天壤俱閑雲隨舒卷安識身有無
抱石恥獻玉沉泉笑探珠羽化如可作相攜上清都
一作攜手止清都

玉真公主別館苦雨贈衛尉張卿二首 長安

秋坐金張館繁陰晝不開空煙迷雨色蕭颯望中來
翳翳昏墊苦沉沉憂恨催清秋何以慰白酒盈吾杯
吟詠思管樂此人已成灰獨酌聊自勉誰貴經綸才
彈劍謝公子無魚良可哀

苦雨思白日浮雲何由卷稷卨和天人陰陽仍驕蹇
秋霖劇倒井昏霧橫絕巘欲往咫尺塗遂成山川限
潨潨奔溜瀉浩浩驚波轉泥沙塞中途牛馬不可辨

飢從漂母食閑綴羽林(一作陵)簡園家逢秋蔬藜藿不滿眼
蠨蛸結思幽蟋蟀傷褊淺廚竈無青煙刀机生綠蘚
投節解鷫鸘換酒醉北堂丹徒布衣者慷慨未可量
何時黃金盤一斛薦檳榔功成拂衣去搖裔滄洲旁

贈韋祕書子春

谷口鄭子真躬耕在巖石高名動京師天下皆藉藉
其人竟不起雲卧從所適苟無濟代心獨善亦何益
惟君家世者偃息逢休明談天信浩蕩說劍紛縱橫
謝公不徒然起來爲蒼生祕書何寂寂無乃羈豪英
且復歸碧山安能戀金闕舊宅樵漁地蓬蒿已應沒
却顧女几峯胡顏見雲月徒爲風塵苦一官已白髮

氣同萬里合訪我來瓊都披雲覩青天捫蝨話良圖
留侯將綺季出處未云殊終與安社稷功成去五湖

贈韋侍御黄裳二首

太華生長松亭亭凌霜雪天與百人高豈爲微飈折
桃李賣陽豔路人行且迷春光掃地盡碧葉成黄泥
願君學長松愼勿作桃李受屈不改心然後知君子
見君乘驄馬知上太山道此地果摧輪全身以爲寶
我如豐年玉棄置秋田草但勗氷壼心無爲歎衰老

贈薛校書

我有吳趨曲無人知此音姑蘇成蔓草麋鹿空悲吟
未誇觀濤作空鬱釣鼇心舉手謝東海虛行歸故林

贈何七判官昌浩

有時忽惆悵匡坐至夜分平明空嘯咤思欲解世紛
心隨長風[illegible]九十誦古文
不然拂劍[illegible]勳老死田陌間何因揚清芬
夫子今管樂英才冠三軍終與同出處豈將沮溺羣

讀諸葛武侯傳書懷贈長安崔少府叔封昆季

漢道昔云季羣雄方戰爭霸圖各未立割據資豪英
赤伏起頹運臥龍得孔明當其南陽時隴畝躬自耕
魚水三顧合風雲四海生武侯立岷蜀壯士吞咸京
何人先見許但有崔州平余亦草間人一作士頗懷拯物
情晚途值子玉華隟同衰榮託意在經濟結交為弟

兄無令管與鮑千載獨知名

贈郭將軍

將軍少年出武威（[illegible]將軍豪）入掌銀臺護紫微平明拂劍朝天去薄暮（一作）鞭醉酒歸愛子臨風吹玉笛美人騰（一作向又作嬌）月舞羅衣疇昔雄豪如夢裏相逢且欲醉春輝（一云今日相逢俱失路何年羅上弄春輝）

駕去溫泉宮後贈楊山人

少年落托楚漢間風塵蕭瑟多苦顔自言介蔓（一作管葛）竟誰許長吁莫錯還閉關一朝君王垂拂拭剖心輸丹雪胷臆忽蒙白日迴景光直上青雲生羽翼幸陪鸞輦出鴻都身騎飛龍天馬駒王公大人借顔色金章

紫綬來相趨當時結交何紛紛片言道合唯有君待
吾盡節報明主然後相攜(一作揚手滄洲)卧白雲

温泉侍從歸逢故人

漢帝長揚苑誇胡羽獵歸子雲叨侍從獻賦有光輝
激賞搖天筆承恩賜御衣逢君奏明主他日共翱飛

贈裴十四

朝見裴叔則朗如行玉山黄河落天走東海萬里寫
入胸懷間身騎白龍不敢度金高南山買君顧徘徊
六合無相知飄若浮雲且西去

贈崔侍御

黄河三尺鯉本在孟津居點額不成龍歸來伴(一作作)凡

魚故人東海客一見借吹噓風濤儻相因更欲凌崑墟何當赤草使再往召相如

上李邕

大鵬一日同風起摶搖直上九萬里假令風歇時下來猶能簸却滄溟水世人見我恒殊調見余大言皆冷笑宣公猶能畏後生丈夫未可輕年少

述德兼陳情上哥舒大夫

天爲國家孕英才森森矛戟擁靈臺浩蕩深謀噴江海縱橫逸氣走風雷丈夫立身有如此一呼三軍皆披靡衞青漫作大將軍白起真成一豎子

雪讒詩贈友人　四言

嗟余沉迷猖獗已久五十知非古人常有立言補過
庶存不朽莅荒匿瑕蓄此頑醜月出致譏貽愧皓首
感悟遂晚事往日遷白壁何辜青蠅屢前羣輕折軸
下沈黄泉衆毛飛骨上陵青天萋菲暗成貝錦粲然
泥沙聚埃珠玉不鮮洪炎爍山發自纖煙滄波蕩日
起乎微涓交亂四國播于八埏拾塵掇蜂疑聖猜賢
哀哉悲夫誰察余之貞堅彼婦人之猖狂不如鵲之
彊彊彼婦人之婬昏不如鶉之奔奔坦蕩一作皎皎君子無
恍簧言擢髮贖罪罪乃孔多傾海流惡惡無以過人
生實難逢此織羅積毀銷金沉憂作歌天未喪文其
如余何妲巳滅紂褒女惑周天維蕩覆職此之由漢

祖吕氏食其在傍秦皇太后毒亦淫荒螮蝀作昏遂
掩太陽萬乘尚爾匹夫何傷辭殫意窮心切理直如
或妄談昊天是殛子野善聽離婁至明神靡遁響鬼
無逃形不我遐棄庶昭忠誠

贈參寥子

白鶴飛天書南荊訪高士五雲在峴山果得參寥子
䯧髒辭故園昂藏入君門天子分玉帛百官接話言
毫墨時灑落探元有奇作著論窮天人千春祕麟閣
長揖不受官拂衣歸林巒余亦去金馬藤蘿同所歡
相思在何處桂樹青雲端

贈饒陽張司戶璲燕魏太原

朝飲蒼梧泉夕棲碧溪煙寧一作鸞鳳意遠託椅桐前
慕藺豈曩古攀嵇是當年愧非黃石老安識子房賢
功業嗟落日容華棄徂川一語已道意三山期著鞭
蹉跎人間世寥落壺中天獨見遊物祖探元窮化先
何當共攜手相與排冥一作置筌

贈清漳明府姪

我李百萬葉柯條布中州天開青雲器日為蒼生憂
小邑且割雞大刀佇烹牛雷聲動四境惠與清漳流
絃歌詠唐堯脫落隱簪組心和得天真風俗由一作獨太
古牛羊散阡陌夜寢不扃戶問此何以然賢人宰吾
土舉邑樹桃李垂陰亦流芬河堤繞綠水桑柘連青

雲趙女不冶容提籠畫成羣繰絲鳴機杼百里聲相
聞訟息烏下階高卧披道帙蒲鞭挂簷枝示恥無撲
抶琴清月當户人寂風入室長嘯無一言陶然上皇
逸白玉壺冰水壺中見底清清光洞毫髮皎潔照羣
情趙北美佳政燕南播高名過客覽行謡因之頌德
聲一作得頌聲

贈臨洺縣令皓弟時被訟停官

陶令去彭澤茫然元古心大　成曲但奏無弦琴
釣水路非遠連鼇意何深終期龍伯國與余相招尋

贈郭季鷹

河東郭有道於世若浮雲盛德無我位清光獨映君

恥將雞並食長與鳳爲羣一擊九千仞相期凌紫氛

鄴中贈王大勸入高鳳石門山幽居

一身竟無託遠與孤蓬征千里失所依復將落葉并
中途偶良朋問我將何行欲獻濟時策此心誰見明
君王制六合海塞無交兵壯士伏草間沉憂亂縱横
飄飄不得意昨發南都城紫燕櫪上嘶青萍匣中鳴
投軀寄天下長嘯尋豪英恥學琅邪人龍蟠事躬耕
富貴吾自取建功及春榮我願執手　爾方達我情
相知同一己豈唯弟與兄抱子弄白雲琴歌發清聲
臨別意難盡各希存令名

贈華州王司士　陝西

濯水不絶波瀾高盛德未泯生英髦知君先負廟堂
器今日還須贈寶刀

贈盧徵君昆弟

明主訪賢逸雲泉今已空二盧竟不起萬乘高其風
河上喜相得壺中趣每同滄洲即此地觀化遊無窮
木落海水清鼇因覩方蓬與君弄倒影攜手凌星虹

贈新平一作豐少年

韓信在淮陰少年相欺凌屈體若無骨壯心有所憑
一遭龍顏君嘯吒從此興千金答漂母萬古共嗟稱
而我竟胡一作何為寒苦坐相仍長風入短袂内一作兩手如
懷冰故友不相恤新交寧見矜摧殘檻中虎羈紲鞲

上鷹何持藉風雲搏擊申所能

贈崔侍御

長劍一杯酒男兒方寸心洛陽因劇孟託(一作訪)宿話胷襟但仰山嶽秀不知江海深長安復攜手再顧重千金君乃輶軒佐余叨翰墨林高風摧秀木驚彈落虛禽不取回舟興而來命駕尋扶搖應借便(一作力)桃李願成陰笑吐張儀舌愁爲莊舃吟誰憐明月夜腸斷聽秋砧

走筆贈獨孤駙馬

都尉朝天躍馬歸香風吹人花亂飛銀鞍紫鞚照雲日左顧右盼生光輝是時僕在金門裏待詔公車謁

天子長揖蒙垂國士恩壯心剖出酬知己一别蹉跎
朝市間青雲之交不可攀儻其公子重迴顧何必侯
嬴長抱關

李太白文集卷第八

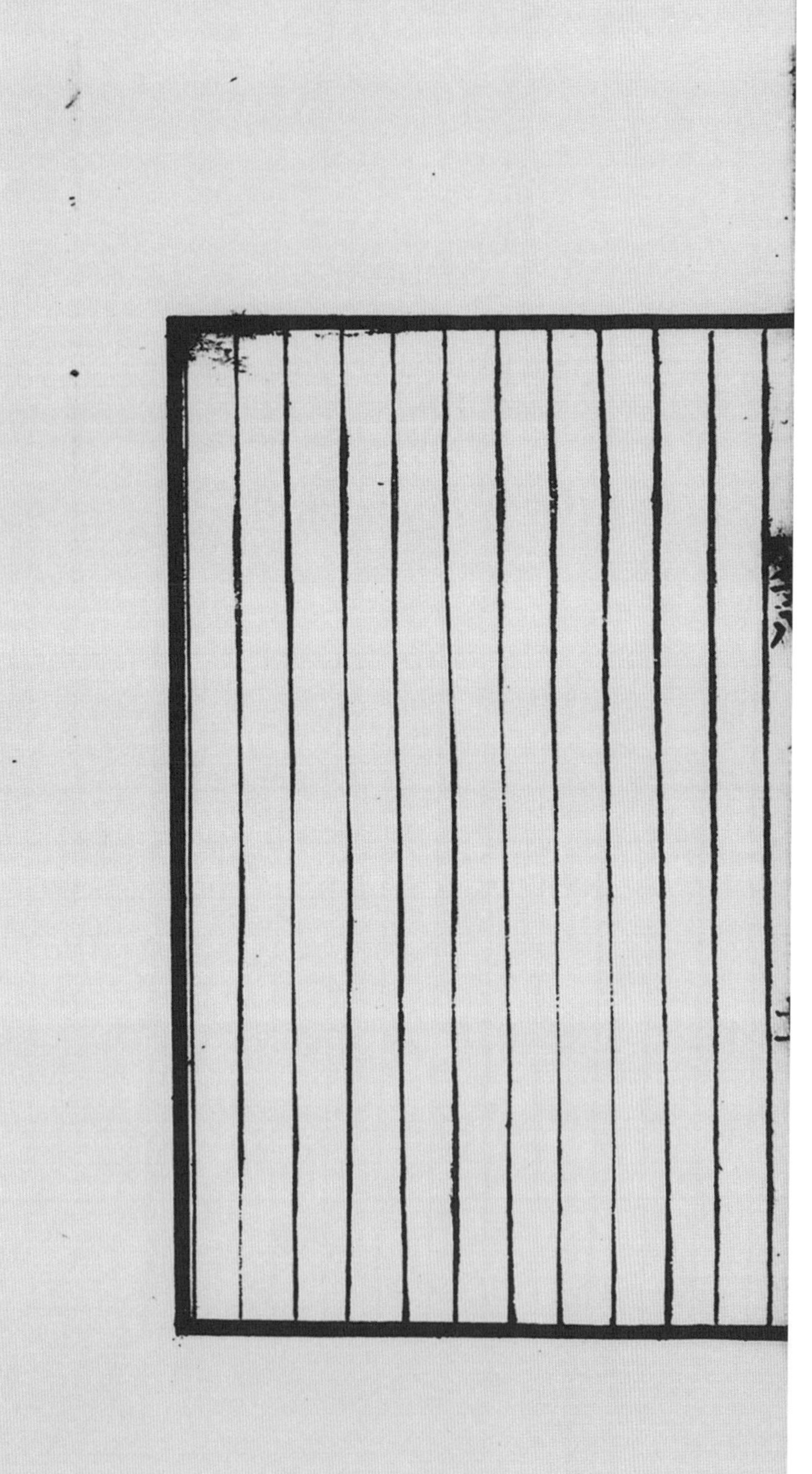

李太白文集卷第九

歌詩三十四首

贈二

贈嵩山焦鍊師　并序洛陽

嵩丘有神人焦鍊師者不知何許婦人也又云生於齊梁時其年貌可稱五六十常胎息絶穀居少室廬遊行若飛倏忽萬里世或傳其入東海登蓬萊竟不能測其往也余訪道少室盡登三十六峯聞風有寄灑翰遥贈

二室凌（一作倚）青天三花含（一作明）紫（一作緑）煙中有蓬海客宛疑麻姑仙道在喧莫染跡高想已緜時餐金鵞藥（一作金蛾蘂）

屢讀青苔篇八極恣遊憩九垓長周旋下瓢酌潁水
舞鶴來伊川還歸空山上獨拂秋霞眠蘿月挂朝鏡
松風鳴夜絃潛光隱嵩嶽錬魄棲雲幄霓衣何飄颻
（一作葳蕤）鳳吹（一作羽駕）轉緜邈願同西王母下顧東方朔紫書儻
可傳宜（一作銘）骨誓相學

口號贈陽徵君（此公時被徵）

陶令辭彭澤梁鴻入會稽我尋高士傳君與古人齊
雲卧留丹壑天書降紫泥不知楊伯起早晚向關西

秋日錬藥院鑷白髮贈元六兄林宗

木落識歳秋瓶水知天寒桂枝日已緑拂雪凌雲端
弱齡接光景矯翼攀鳥鸞投分三十載榮枯同所懽

長吁望青雲鑷白坐相看秋顏入曉鏡壯髮凋危冠
窮與鮑生賈飢從漂母飡時來極天人道在豈吟歎
樂毅方適趙蘇秦初說韓卷舒固在我何事空摧殘

書情贈蔡舍人雄　梁宋

嘗高謝太傅（一作嘗聞謝安石）攜妓東山門楚舞醉碧雲吳歌
斷清猨蹔因蒼生起談笑安黎元余亦愛此人丹霄
冀飛翻遭逢聖明主敢進興亡言娥眉積讒妬魚目
嗤璵璠白璧竟何辜（一作本無瑕）青蠅遂成冤一朝去京國
十載客梁園猛犬吠九關殺人憤精魂皇穹雪天枉
白日開氛昏太階得夔龍桃李滿中原倒海索明月
凌山採芳蓀愧無橫草功虛負雨露恩跡謝雲臺閣

心隨天馬轅夫子（一云）佐才而今復誰論曾飆振六翮

不曰忌滕[illegible]湖[illegible]濤[illegible]崩[illegible]夢釣子陵湍

英氣緬猶存從希（一作）星隱弱植不足援千里一迴首

萬里一長歌黃鶴不復來清風奈愁何舟浮瀟湘月

（一作江横羅刹石）山倒洞庭波投汨笑古人臨濠得天和閑時

田畝中搔背牧雞鵝別離解相訪應在武陵多

憶襄陽舊遊贈濟陰馬少府巨

昔為大堤客曾上山公樓開窻碧嶂滿拂鏡滄江流

高冠佩雄劍長揖韓荊州此地別夫子今來思舊遊

朱顏君未老白髮我先秋壯志恐蹉跎功名若雲浮

（一作有意未得[illegible]賢若沉憂）歸心結遠夢落日懸春愁空思羊叔子

置淚峴山頭一作何當共攜手更醉峴山頭

對雪獻從兄虞城宰

昨夜梁園雪弟寒兄不知庭前看玉樹腸斷憶連枝

訪道安陵遇蓋寰為予造真籙臨別留贈

清水見白石仙人識青童安陵蓋夫子十歲與天通懸河與微言談論安可窮能令二千石撫背驚神聰揮毫贈新詩高價掩山東至今平原客感激慕清風學道北海仙傳書蘂珠宮丹田了玉闕白日思雲空為我草真籙天人慙妙工七元洞豁落八角輝星虹三災蕩璇璣蛟龍翼微躬舉手謝天地虛無齊始終黃金獻高堂荅荷難克充下笑世上事沉魂北羅酆

昔日萬乗墳今成一科蓬贈言若可重實此輕華嵩

雜言用投丹陽知巳兼奉宣慰判官

客從崑崙來遺我雙玉璞云是古之得道者西王母食之餘食之可以凌太虛愛之頗謂絶今昔求識江淮人猶乎比石如今雖在卞和手　正憔悴了了知之亦何益恭聞士有調相如始從鎬京還復欲鎬京去能上秦王殿何時廻光一相眄欲投君保君年幸君持取無棄捐無棄捐服之與君俱神仙

贈崔郎中宗之 金陵

胡鷹一作鴈拂海翼翺翔鳴素秋驚雲辭沙朔飄蕩迷河洲一作胡鷹度日邊兩龍天地秋哀鳴沙塞寒風雪迷河洲有一作乃如飛蓬人云遂一作來

萬里遊登高望浮雲髣髴如舊丘日從海旁沒水向天邊流長嘯倚孤劍目極心悠悠歲晏歸去來富貴安所求仲尼七十説歷聘莫見收魯連逃千金珪組豈可（一作不足）酬時哉苟不會草木爲我儔希君同攜手長往南山幽

贈崔諮議

騄驥本天馬素非伏櫪駒長嘶向（一作起）清風倏忽凌九區何言西北至却是東南隅世道有翻覆前期（一作程又作途）難預圖希君一（一作前又作相）翦拂（一作彿便）猶可騁中衢

贈昇州王使君忠臣

六代帝王國三吳佳麗城賢人當重寄天子借高名

巨海一邊靜長江萬里清應須救趙策未肯棄侯嬴

贈別從甥高五

魚目高太山不如一璵璠賢甥即明月聲價動天門
能成五宅相不減魏陽元自顧寡籌略功名安所存
五木思一擲如繩繫窮猨櫪中駿馬空堂上醉人喧
黄金久已罄爲報故交恩聞君隴西行使我驚心魂
與爾共飄颻雲天各飛翻江水流或卷此心難具論
貧家羞好客語拙覺辭繁三朝空錯莫對飯却慙冤
自笑我非夫生事多契闊蓄積萬古憤向誰得開豁
天地一浮雲此身乃毫末忽見無端倪太虛可包括
去云何足道臨岐空復愁肝膽不楚越山河亦衾儔

雲龍若相從明主會見收成功解相訪溪水桃花流

贈裴司馬

翡翠黄金縷繡成歌舞衣若無雲間月誰可比光輝
秀色一如此多爲衆女譏君恩移昔愛失寵秋風歸
愁苦不窺鄰泣上流黄機天寒素手冷夜長燭復微
十日不滿匹鬢蓬亂若絲猶是可憐人容華世中稀
向君發皓齒顧我莫相違

敘舊贈江陽宰陸調

太伯讓天下仲雍揚波濤清風蕩萬古跡與星辰高
開吳食東溟陸氏世英髦多君秉古節嶽立冠人曹
風流少年時京洛事遊遨腰間延陵劍玉帶明珠袍

我昔鬬雞徒連延五陵豪邀遮相組織呵嚇來煎熬
君開萬叢人鞍馬皆闢易告急清憲臺脫余北門厄
間宰江陽邑剪棘樹蘭芳一本自陸氏世英髭以下云夫子時峻季岳立冠人曹風流少年時京洛事遊遨騄驥紅陽鶯五劒明珠袍一諾許他人千金雙錯刀滿堂青雲士望美期丹霄我昔北門厄摧如一枝蒿虎挾雞徒連延五陵豪遨遮來組織呵嚇相煎熬君披萬人叢脫我如狴牢此恥竟未刷且食綏山桃非天雨文章所祖記風騷蒼蓬老壯髮長策未逢遭別君幾何時君無相思否鳴琴坐高樓淥水淨窗牖政成聞雅頌人吏皆拱手投刃有餘地迴車攝江陽錯雜非易理先威挫豪強下與此同城門何蕭穆五月飛秋霜好鳥集珍木高才
列華堂時從府中歸絲管儼成行但苦隔遠道無由
共銜觴江北荷花開江南楊梅熟正好飲酒時懷賢
在心目挂席候海色當風下長川多酤新豐醁滿載

剡溪舡中途不遇人直到爾門前大笑同一醉取樂
平生年

贈從孫義興宰銘　亞相李公重之以能政　中丞李公免罷以務官

天子思茂宰天枝得英才朗然清秋月獨出映吳臺
落筆生綺繡操刀振風雷蟃屈雖百里鵬騫望三台
退食無外事琴堂向山開綠水寂以閑白雲有時來
河陽富奇藻彭澤縱名杯所恨不見之猶如仰昭回
元惡昔滔天疲人散憂草驚川無活鱗舉邑罕遺老
誓雪會稽恥將奔宛陵道亞相素所重投刃應桑林
獨坐傷激楊神融一開襟絃歌欣再理和樂醉人心
蠹政除害馬傾巢有歸禽壺漿候君來聚舞共謳吟

農夫棄蓑笠蠶女墮纓簪歡笑相拜賀則知惠愛深
歴職吾所聞稱賢爾爲最化洽一邦上名馳三江外
峻節冠雲霄通方堪遠大能文變風俗好客留軒蓋
他日一來游因之嚴光瀨

草創大還贈柳官迪

天地爲橐籥周流行太易造化合元符交搆騰精魄
自然成妙用孰知其指的羅絡四季間綿微一無隙
日月更出没雙光豈云隻姹女乘河車黄金充轆軛
執樞相管轄摧伏傷羽翮朱鳥張炎威白虎守本宅
相煎成苦老消爍凝津液髣髴明窻塵死灰同至寂
鑄冶入赤色十二周律曆赫然稱大還與道本無隔

白日可撫弄清都在咫尺北酆落死名南斗上生[illegible]
抑予是何者身在方士格才術信縱横世途自輕擲
吾求仙棄俗君曉損勝益不向金闕遊思爲玉皇客
鸞車速風電龍騎無鞭策一舉上九天相攜同所適

贈崔司戶文昆季

雙珠出海底俱是連城珍明月兩特達餘輝照傍人
英聲振名都高價動殊鄰豈伊箕山故特以風期親
惟昔不自媟擔簦西入秦攀龍九天上別忝歲星臣
布衣侍丹墀密勿草絲綸才微恵渥重讒巧生緇磷
一去已十年今來復盈旬清霜入曉鬢白露生衣巾
側見綠水亭開門列華茵千金散義士四座無凡賓

欲折月中桂持爲寒者薪路傍已竊笑天路將何因
垂恩儻丘山報德有微身

贈溧陽宋少府陟

李斯未相秦且逐東門兎宋玉事襄王能爲高唐賦
常聞綠水曲忽此相逢遇掃灑青天開豁然披雲霧
感槩紫鸞鳥巢在崑山樹驚風西北吹飛落南溟去
早懷經濟策特受龍顏顧白玉棲青蠅君臣忽行路
人生感分義貴欲呈丹素何日清中原相期廓天步

戲贈鄭溧陽

陶令日日醉不如五柳春素琴本無絃漉酒用葛巾
清風北窻下自謂羲皇人何時到溧（一作栗）里一見平生親

贈僧崖公

昔在朗陵東學禪白眉空大地了鏡徹迴旋寄輪風
攬彼造化力持爲我神通晚謁太山君親見日没雲
中夜卧山月（一作夜卧雪上月）拂衣逃人羣授余金仙道曠劫
未始聞冥機發天光獨朗謝垢氛虚舟不繫物觀化
遊江濆江濆遇同聲道崖乃僧英説法動海嶽遊方
化公卿手秉玉麈尾如登白樓亭微言注百川亹亹
信可聽一風鼓羣有萬籟各自鳴啓開七窗牖託宿
掣雷霆自云歷天台搏壁躡翠屏凌兢石橋去恍惚
入青冥昔往今來歸絶景無不經何日更攜手乘杯
向蓬瀛

遊溧陽北湖亭望瓦屋山懷古贈同旅（一作贈孟浩然）

朝登北湖亭遙望瓦屋山天清白露下始覺（一作知）秋風還遊子託主人仰觀眉睫間日（一作目）色送飛鴻邈然不可攀長吁相勸勉何事來吳關聞有貞義女振窮漂水濱清光了在眼白日如披顏高墳五六墩崒兀棲猛虎遺跡翳九泉芳名動千古子胥昔乞食此女傾壺漿運開展宿憤入楚鞭平王凜冽天地間聞名若懷霜壯夫或未達十步九太行與君拂衣去萬里同翱翔

醉後贈從甥高鎮

馬上相逢揖馬鞭客中相見客中憐欲邀擊筑悲歌

正値傾家無酒錢江東風光不借人枉殺落花空自
春黄金逐手快意盡昨日破産今朝貧丈夫何事空
嘯傲不如燒却頭上巾君爲進士不得進我被秋霜
生旅鬢時清不及英豪人三尺童兒唾廉藺匣中盤
却蓑鮨魚䦨在署閒未用渠且將換酒與君醉醉歸

記宿吳鑮諸

贈秋浦柳少府

秋浦舊蕭索公庭人吏稀因君樹桃李此地忽芳菲
摇筆望白雲開簾當翠微時來引山月縱酒酣清輝
而我愛夫子淹留未忍歸

贈崔秋浦三首

吾愛崔秋浦宛然陶令風門前五一作栽楊柳井上二一作夾
梧桐山鳥下聽事簷花落酒中懷君未忍去惆悵意
無窮

崔令學陶令一作君似陶彭澤北牕常晝眠抱琴時弄月一作待秋月
取意任無絃見客但傾酒爲官不愛錢東皐多種黍
勸爾早耕田一作東皐春事起種黍早歸田
河陽花作縣秋浦玉爲人地逐名賢好風隨惠化春
水從天漢落山逼畫屏新應念金門客投沙弔楚臣

望九華山贈韋青陽仲堪

昔在九江上遥望一作觀九華峯天河挂綠水秀出九一作出山
芙蓉我欲一揮手誰人可相從君爲東道主於此臥

雲松

贈柳圓

竹實滿秋浦鳳來何苦飢還同月下鵲三繞未安枝

夫子即瓊樹傾柯拂羽儀懷君戀明德歸去日相思

聞謝楊兒吟猛虎詞因有此贈

同州隔秋浦聞吟猛虎詞晨朝來借問知是謝楊兒

宿清溪主人

夜到清溪宿主人碧巖裏簷楹挂星斗枕席響風水

月落西山時啾啾夜猨起

贈王判官時余歸隱居廬山屏風疊尋陽

昔別黃鶴樓蹉跎淮海秋俱飄零落葉各散洞庭流

中年不相見蹭蹬遊吳越何處我思君天台綠蘿月
會稽風月好卻遶剡溪迴雲山海上出人物鏡中來
一度浙江北十年醉楚臺荊門倒屈宋梁苑傾鄒枚
苦笑我誇誕知音安在哉大盜割鴻溝如風掃秋葉
吾非濟代人且隱屏風疊中坐天中坐憶君思見君
明朝拂衣去永與海鷗羣

在水軍宴贈幕府諸侍御 永王軍中

月化五白一作百龍翻飛凌九天胡沙驚北海電掃洛陽
川虜箭雨宮闕皇輿成播遷英王受廟略秉鉞清南
邊雲旗卷海雪金戟羅江煙聚散百萬人弛張在一
賢霜臺降羣彥水國奉戎旃繡服開宴語天人借樓

舩如登黄金臺遥謁紫霞仙卷身編蓬下冥機四十年寧知草間人腰下有龍泉浮雲在一決誓欲清幽燕願與四座公靜談金匱篇齊心戴朝恩不惜微軀捐所冀旄頭滅功成追魯連

贈畨侍御論錢少陽

繡衣柱史何昂藏鐵冠白筆横秋霜三軍論事多引納堦前虎士羅千將雖無二十五老者且有一翁錢少陽眉如松雪齊四皓調笑可以安儲皇君能禮此最下士九州拭目瞻清光

贈武十七諤 并序

門人武諤深於義一作詩者也質木沉悍慕要離之風潛

釣川海不數數於世間事聞中原作難西來訪余余
愛子伯禽在魯許將冒胡兵以致之酒酣感激援筆
而贈
馬如一匹練明日過吳門乃是要離客西來欲報恩
笑開燕匕首拂拭竟無言狄犬吠清洛天津成塞垣
愛子隔東魯空悲斷腸猨林回棄白壁千里阻同奔
君爲我致之輕賫涉淮源精誠合天道不愧遠遊魂
一作鄧攸寃

李太白文集卷第九

196
12
5 13
五

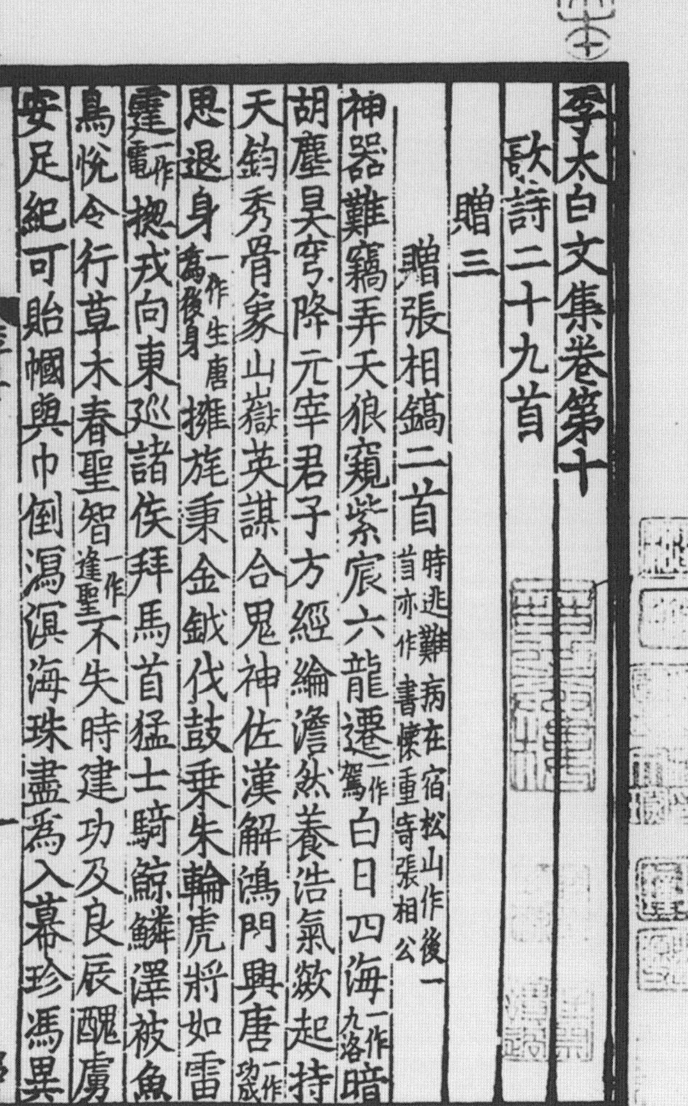

李太白文集卷第十

歌詩二十九首

贈三

贈張相鎬二首（時逃難病在宿松山作後一首亦作書懷重寄張相公）

神器難竊弄天狼窺紫宸六龍遷（一作駕）白日四海（一作九洛）暗胡塵昊穹降元宰君子方經綸澹然養浩氣歘起持天鈞秀骨象山嶽英謀合鬼神佐漢解鴻門興唐（一作功成）思退身（一作生唐為後身）擁旄秉金鉞伐鼓乘朱輪虎將如雷霆（一作電）揔戎向東巡諸侯拜馬首猛士騎鯨鱗澤被魚鳥悅令行草木春聖智（一作進聖）不失時建功及良辰醜虜安足紀可貽幗與巾倒瀉溟海珠盡爲入幕珍馮異

獻赤伏鄧生欻來臻庶同昆陽舉再覩漢儀新昔爲
管將鮑中奔吳隔秦一生欲報主百代期榮親其事
竟不就哀哉難重陳卧病古松滋蒼山空四鄰風雲
激壯志枯槁驚常倫聞君自天來目張氣益振亞夫
得劇孟敵七一作國空一作定無人捫蝨對桓公願得論悲辛
大塊方噫氣何辭鼓青蘋斯言儻不合歸老漢江濱
本家一作家本隴西人先爲漢邊將功略蓋天地名飛青雲
上苦戰竟不侯當年頗惆悵世傳崆峒勇氣激金風
壯英烈遺厥孫伯代神猶王十五觀奇書作賦凌相
如龍顏惠殊寵麟閣憑天居一作侍從承明廬晚途未云已蹭
蹬遭讒毀想像晋末時崩騰胡塵起衣冠陷鋒鏑戎

虜盈朝市一作荊棘生朝市　石勒窺神州劉聰劫天子撫劍夜
吟嘯雄心日千里誓欲斬鯨鯢澄清洛陽水六合一作三台
灑霖雨萬物一作六合無凋枯我揮一杯水自笑何區區因
人恥成事貴欲決良圖滅虜不言功飄然陟一作向蓬壺
唯有安期舄留之滄海隅

贈閭丘宿松

阮籍爲太守乘驢上東平剖竹十日間一朝風化清
偶來拂衣去誰測主人情夫子理宿松浮雲知古城
掃地物莽然秋來百草生飛鳥還舊巢遷人返躬耕
何慚宓子賤不減陶淵明吾知千載後却掩二賢名

獄中上崔相渙尋陽

胡馬渡洛水血流征戰場千門閉秋景萬姓危朝霜
賢相燮元氣再欣海縣康台庭有夔龍列宿粲成行
羽翼三元聖發輝兩太陽應念覆盆下雪泣拜天光

繫尋陽上崔相渙三首

邯鄲四十萬同日陷長平能迴造化筆或冀一人生
毛遂不墮井曾參寧（一作不）殺人虚言誤公子投杼惑慈
親白璧雙明月方知一玉真
虚傳一片雨枉作陽臺神縱爲夢裏相隨去不是襄
王傾國人（此一首恐非上崔相）

中丞宋公以吳兵三千赴河南軍次尋陽脫
余之囚參謀幕府因贈之

獨坐清天下專征出海隅九江皆渡虎三郡盡還珠組練羽秋涌樓船入郢[illegible]風高初選將月滿欲平胡殺氣横千里軍聲動九[illegible]猨慙劍術黄石借兵符戎虜行當剪鯨鯢立可[illegible]非劇孟何以佐良圖

流夜郎贈辛判官　流夜郎

昔在長安醉花柳五侯七貴同杯酒氣岸遥凌豪士前風流肯落他（一作誰又作諸）人後夫子紅顔我少年章臺走馬著金鞭文章獻納麒麟殿歌舞淹留玳瑁筵與君自謂長如此寧知草動風塵起函谷忽驚胡馬來秦宮桃李向胡開我愁遠謫夜郎去何日金雞放赦迴

贈劉都使

東平劉公翰南國秀餘芳一鳴即朱紱五十佩銀章
飲冰事戎幕衣錦華水鄉銅官幾萬人諍訟靑玉堂
吐言貴珠玉落筆迴風霜而我謝明主銜哀投夜郎
歸家酒債多門客粲成行高談滿四座一日傾千觴
所求竟無緒裘馬欲摧藏主人若不顧明發鈞滄浪

贈常侍御

安石在東山無心濟天下一起振橫流功成復蕭灑
大賢有舒卷季葉輕風雅匡復屬何人君爲知音者
傳聞武安將氣振長平瓦燕趙期洗淸周秦保宗社
登朝若有言爲訪南遷賈

贈易秀才

少年解長劍投贈即分離何不斷犀象精光暗往時
蹉跎君自惜竄逐我因誰地遠虞翻老秋深宋玉悲
空摧芳桂色不屈古松姿感激平生意勞歌寄此辭

經亂離後天恩流夜郎憶舊遊書懷贈江夏
韋太守良宰

天上白玉京十二樓五城仙人撫我頂結髮受長生
誤逐世間樂頗窮理亂情九十六聖君浮雲挂空名
天地賭一擲未能忘戰爭試涉霸王略將期軒冕榮
時命乃大謬棄之海上行學劍翻自哂爲文竟何成
劍非萬人敵文竊四海聲兒戲不足道五噫出西京
臨當欲去時慷慨淚沾纓歎君倜儻才標舉冠群英

開筵引祖帳慰此遠徂征鞍馬若浮雲送余驃騎亭
歌鍾不盡意白日落昆明十月到幽州戈鋋若羅星
君王棄北海掃地借長鯨呼吸走百川燕然可摧傾
心知不得意（一作語）却欲棲蓬瀛彎弧懼天狼挾矢不敢
張攬涕黃金臺呼天哭昭王無人貴駿骨綠耳空騰
驤樂毅儻再生于今亦奔亡蹉跎（一作蒼茫）不得意驅馬過
貴鄉逢君聽絃歌肅穆坐華堂百里獨太古陶然臥
羲皇徵樂昌樂館開筵列壺觴賢豪間青娥對燭儼
成行醉舞紛綺席清歌繞飛梁歡娛未終朝秩滿（一作解）
歸咸陽祖道擁萬人供帳遙相望一別隔千里榮枯
異炎涼炎涼幾度改九土中橫潰漢甲連胡兵沙塵

暗雲海草木揺殺氣星辰無光彩白骨成丘山蒼生
竟何罪函關壯帝居國命懸哥舒長戟三十萬開門
納兇渠公卿奴犬羊忠讜醢與菹二聖出遊豫兩京
遂丘墟帝子許專征秉旄控強楚節制非桓文軍師
擁熊虎人心失去就賊勢騰風雨惟君固房陵誠節
冠終古僕臥香鑪頂飡霞漱瑤泉門開九江轉枕下
五湖連半夜水軍來尋陽滿旌旃空名適自誤迫脅
上樓船徒賜五百金棄之若浮煙辭官不受賞翻謫
夜郎天夜郎萬里道西上令人老掃蕩六合清仍爲
負霜草日月無偏照何由訴蒼昊良牧稱神明深仁
恤交道一忝青雲客三登黄鶴樓顧慙禰處士虚對

鸚鵡洲焚一作獎山霸氣盡寥落天地秋一作彤桔冠白筆爽氣凌清秋江
帶峨眉雪橫穿三峽流萬舸此中來連帆過揚州送
此萬里目曠然散我一作頓愁紛憁倚天開水樹綠如髮一作水綠樹如髮窺日一作光畏銜山促酒喜見月吳娃與越豔窈
窕誇鉛紅呼來上雲梯含笑出簾櫳對客小垂手羅
衣舞春風賓跪請休息主人情未極覽君荊山作江
鮑堪動色清水出芙蓉天然去雕飾逸興橫素襟無
時不招尋朱門一作旄擁虎士列戟何森森剪鑿竹石開
縈流漲清深登樓一作臺坐一作入水閣吐論多英一作奇音片辭
貴白璧一諾輕黃金謂我不愧君青鳥一作鸞明丹心五
色雲間鵲飛鳴天上來傳聞赦書至却放夜郎迴暖

氣變寒谷炎煙生死灰君登鳳池去勿棄賈生才桀
犬尚吠堯匈奴笑千秋中夜四五歎常爲大國憂旌
旆夾兩山黄河當中流連雞不得進飮馬空夷猶安
得弄善射一箭落旄頭

江夏使君叔席上贈史郎中

鳳凰丹禁裏銜出紫泥書昔放三湘去今還萬死餘
仙郎久爲别客舍問何如涸轍思流水浮雲失舊居
多慙華省貴不以逐臣疎復如竹林下而陪芳宴初
希君生羽翼一化北溟魚

流夜郎半道承恩放還兼欣剋復之美書懷
示息秀才

黄口為人羅白龍乃魚服得罪豈怨天以愚陷網目
鯨鯢未剪滅豺狼屢翻覆悲作楚地囚何由秦庭哭
遭逢二明主前後兩遷逐去國愁夜郎投身竄荒谷
半道雪屯蒙曠如鳥出籠遥欣剋復美光武安可同
天子巡劒閣儲皇守扶風揚袂正北辰開襟攬羣雄
胡兵出月窟雷破關之東左掃因右拂旋收洛陽宮
迴輿入咸京席巻六合通叱咤開帝業（一作宇）手成天地
功大駕還長安兩日忽再中一朝讓寶位劒璽傳無
窮媿無秋毫力誰念矍鑠翁弋者何所慕高飛仰冥
鴻棄劒學丹砂臨鑪雙玉童寄言息夫子歲晚陟方
蓬

巴陵贈賈舍人

賈生西望憶京華湘浦南遷莫怨嗟聖主恩深漢文帝憐君不遣到長沙

博平鄭太守自廬山千里相尋入江夏北市門見訪却之武陵立馬贈別

大梁貴公子氣蓋蒼梧雲若無三千客誰道信陵君救趙復存魏英威天下聞邯鄲能屈節訪博從毛薛夷門得隱淪而與侯生親仍要鼓刀者乃是袖鎚人好士不盡心何能保其身多君重然諾意氣遥相託五馬入市門金鞍照城郭都忘虎竹貴且與荷衣樂去去桃花源何時見歸軒相思無終極腸斷朗江作一

陵後

江上贈竇長史

漢求季布魯朱家楚逐伍胥去章華萬里南遷夜郎
國三年歸及長風沙聞道青雲貴公子錦帆遊弈西
江水人疑天上坐樓船水淨霞明兩重綺相約相期
何太深棹歌搖艇月中尋不同珠履三千客別欲論
交一片心

贈王漢陽

天落白玉棺（一作天上墮玉棺）王喬辭葉縣一去未千年漢陽
復相見猶乘飛鳧舄尚識仙人面鬢髮何青青童顏
皎如練吾曾弄海水清淺嗟三變果愜麻姑言時光

速流電與君數杯酒可以窮歡宴白雲歸去來何事
坐交戰

贈漢陽輔錄事二首

聞君罷官意我抱漢川湄借問久疎索何如聽訟時
天清江月白心靜海鷗知應念投沙客空餘弔屈悲
鸚鵡洲橫漢陽渡水引寒煙沒江樹南浦登樓不見
君君今罷官在何處漢口雙魚白錦鱗令傳尺素報
情人其中字數無多少秖是相思秋復春

江夏贈韋南陵冰

胡驕馬驚沙塵起胡雛飲馬天津水君為張掖近酒
泉我竄三巴九千里天地再新法令寬夜郎遷客帶

霜寒西憶故人不可見東風吹夢到長安寧期此地
忽相遇驚喜茫如墮煙霧玉簫金管喧四筵苦心不
得申一作長句昨日繡衣傾綠樽病如桃李竟何言昔
騎天子大宛馬今乘款段諸侯門一作賴遇南平豁方寸
復兼夫子持清論有似山開萬里雲四望青天解人
悶　悶還心悶苦辛長苦辛愁來飲酒二千石寒灰
重暖生陽春山公醉後能騎馬別是風流賢主人頭
陀雲月多僧氣山水何曾稱人意不然一作除鳴笳按鼓
戲滄流呼取江南女兒歌棹謳我且爲君槌碎黃鶴
樓君亦爲吾倒却鸚鵡洲赤壁爭雄如夢裏且須歌
舞寬離憂

贈別舍人弟臺卿之江南

去國客行遠還山秋夢長梧桐落金井一葉飛銀牀
覺罷把朝鏡鬢毛颯已霜良圖委蔓草古貌成枯桑
欲道心下事時人疑夜光因爲洞庭葉飄落之瀟湘
一作流浪至瀟湘令弟經濟士一作謫居我何傷一作出門見我傷潛虬隱尺一作斗水著論談興亡遇王子喬口傳不死方入洞
過天地登真朝玉皇吾將撫爾背揮手遂翱翔一作携手凌蒼蒼

贈盧司戶

秋色無遠近出門盡寒山白雲遥相識待我蒼梧間
借問盧躭鶴西飛幾歲還

贈從弟南平太守之遥二首時因飲酒過度貶武陵後詩故贈

少年不作意落拓無安居願隨任公子欲釣吞舟魚常時飲酒逐風景壯心遂與功名疎蘭生谷底人不鋤雲在高山空卷舒漢家天子馳駟馬赤車蜀道迎相如天門九重謁聖人龍顏一解四海春彤庭左右呼萬歲拜賀明主收沉淪翰林秉筆迴英眄麟閣崢嶸誰可見承恩初入銀臺門（一作承恩侍從甘泉宮）著書獨在金鑾殿龍駒雕鐙白玉鞍象牀綺食（一作席）黃金盤當時笑我微賤者却來請謁爲交歡一朝謝病遊江海疇昔相知幾人在前門長揖後門關今日結交明日改愛君山嶽心不移隨君雲霧迷所爲夢得池塘生春草使我長價登樓詩別後遙傳臨海作可見羊何共和之

東平與南平今古兩步兵素心愛美酒不是顧專城
謫官桃源去尋花幾處行秦人如舊識出户笑相迎

醉後贈王歷陽　歷陽

書禿千兎毫詩裁兩牛腰筆蹤起龍虎舞袖拂雲霄
雙歌一作寄二胡姬更奏一作習遠清朝舉酒挑朔雪從君不
相饒

贈歷陽褚司馬時此公爲稚子舞

北堂千萬壽侍奉有光輝先同稚子舞更著老萊衣
因爲小兒啼醉倒月下歸人間無此樂此樂世中希

對雪醉後贈王歷陽

有身莫犯飛龍鱗有手莫辮猛虎鬚君看昔日汝南

市白頭仙人隱玉壺子猷聞風動窓竹相邀共醉杯
中淥歷陽何異山陰時白雪飛花亂人目君家有酒
我何愁客多樂酣秉燭遊謝尚自能鸜鵒舞相如免
脫鷫鸘裘清晨興罷（一作鼓棹）過江去他日西看却月樓（一作千里相思明月樓）

李太白文集卷第十

李太白文集卷第十一

歌詩三十二首

贈四

贈宣城宇文太守兼呈崔侍御 宣城

白若白鷺鮮清如清唳蟬受氣有本性不為外物遷
飲水箕山上食雪首陽巔迴車避朝歌掩口去盜泉
岧嶤廣成子倜儻魯仲連卓絕二公外丹心無間然
昔攀六龍飛今作百鍊鉛懷恩欲報主投佩向北燕
彎弓綠絃開滿月不憚堅閑騎駿馬獵一射兩虎穿
回旋若流光轉背落雙鳶胡虜三歎息兼知五兵權
鎗鎗突雲將卻掩我之妍多逢勦絕兒先著祖生鞭

據鞍空矍鑠壯志竟誰宣蹉跎復來歸憂恨坐相煎
無風難破浪失計長江邊危苦惜頹光金波忽三圓
時遊敬亭上閑聽松風眠或弄宛溪月虛舟信洄沿
顏公三十萬盡付酒家錢興發每取之聊向醉中仙
過此無一事靜談秋水篇君從九卿來水國有豐年
魚鹽滿市井布帛如雲煙下馬不作威冰壺照清川
霜眉邑中叟皆美太守賢時時慰風俗往往出東田
竹馬數小兒拜迎白鹿前含笑問使君日一作早晚可迴
旋遂一作還歸池上酌掩抑清風紘曾標橫浮雲一作游雲端下
撫謝眺肩樓高碧海出樹古青蘿懸光祿紫霞杯伊
昔忝相傳良圖掃沙漠別夢繞旌旃富貴日成疎願

言香無緣登龍有直道倚玉阻芳筵敢獻繞朝策思
同郭泰船何言一水淺似隔九重天崔生何傲岸縱
酒復談玄身爲名公子英才苦迍邅鳴鳳託高梧凌
風何翩翩安知慕羣客彈劒拂秋蓮一作青蓮

贈宣城趙太守悅

趙得寳符盛山河功業存三千堂上客出入擁平原
六國楊清風英聲何喧喧大賢茂遠業虎竹光南藩
錯落千丈松虬龍盤古根枝下無俗草所植唯蘭蓀
憶在南陽時始承國士恩公爲柱下史脫繡歸田園
伊昔簪白筆幽都逐遊魂持斧佐三軍霜清天北門
差池宰兩邑鶚立重飛翻焚香入蘭臺起草多芳言

夔龍一顧重矯翼凌翔鵷赤縣揚雷聲強項聞至尊
驚飈摧秀木跡屈道彌敦出牧歷三郡所居猛獸奔
遷人同衛鶴謬上懿公軒自笑東郭履側慙狐白溫
閑吟步竹石精義忘朝昏顑頷成醜士風雲何足論
獼猴騎土牛羸馬夾雙轅願借羲皇景為人照覆盆
溟海不震蕩何由縱鵬鯤所期要津日倜儻假騰騫

贈從弟宣州長史昭

淮南一作共望江南千里碧山對我行倦一作盡過之半落青
天外宗英佐雄郡水陸相控帶長川豁中流千里瀉
吳會君心亦如此包納無小大摇筆起風霜推誠結
仁愛訟庭垂桃李賓館羅軒蓋何意蒼梧雲飄然忽

相會才將聖不偶命與時俱背獨立山海間空老聖
明代知音不易得撫劍增感槩當結九萬期中途莫
先退

書懷贈南陵常贊府

歲星入漢年方朔見明主調笑當時人中天謝雲雨
一去麒麟閣遂將朝市乖故交不過門秋草日上堦
當時何特達獨與我心諧置酒凌歊臺歡娛未曾歇
歌動白紵山舞迴天門月問我心中事爲君前致辭
君看我才能何似魯仲尼大聖猶不遇小儒安足悲
雲南五月中頻喪渡瀘師毒草殺漢馬張兵奪秦旗
至今西二河流血擁僵屍將無七擒略魯女惜園葵

咸陽天地樞累歲人不足雖有數斗玉不如一盤粟
頼得契宰衡持鈞慰風俗自顧無所用辭家方未歸
霜驚壯士髮淚滿逐臣衣以此不安席蹉跎身世違
終當滅衞謗不受魯人譏

於五松山贈南陵常贊府

爲草當作蘭爲木當作松蘭秋香風遠松寒不改容
松蘭相因依蕭艾徒丰茸雞與雞並食鸞與鸞同枝
揀珠去沙礫但有珠相隨遠客投名賢眞堪寫懷抱
若惜方寸心待誰可傾倒虞卿棄趙相便與魏齊行
海上五百人同日死田橫當時不好賢豈傳千古名
願君同心人於我少留情寂寂還寂寂出門迷所適

長劍歸乎來（一作歌歸來）秋風思歸客

自梁園至敬亭山見會公談陵陽山水兼期

同遊因有此贈（一作宣州）

我隨秋風來瑤草恐衰歇中途寡名山安得弄雲月
渡江如昨日黃葉向人飛敬亭愜素尚弭棹流清輝
冰谷明且秀陵巒抱江城粲粲吳與史衣冠耀天京
水國饒英奇潛光卧幽草會公真名僧所在即為寶
開堂振白拂高論橫青雲雪山掃粉壁墨客多新文
為余話幽棲且述陵陽美天開白龍潭月映清秋水
黃山望石柱突兀誰開張（一作白柱擎星漢西崖誰開張）黃鶴久不來
子安在蒼茫東南焉可窮山鳥絕飛處（一作緩絕行處）稠

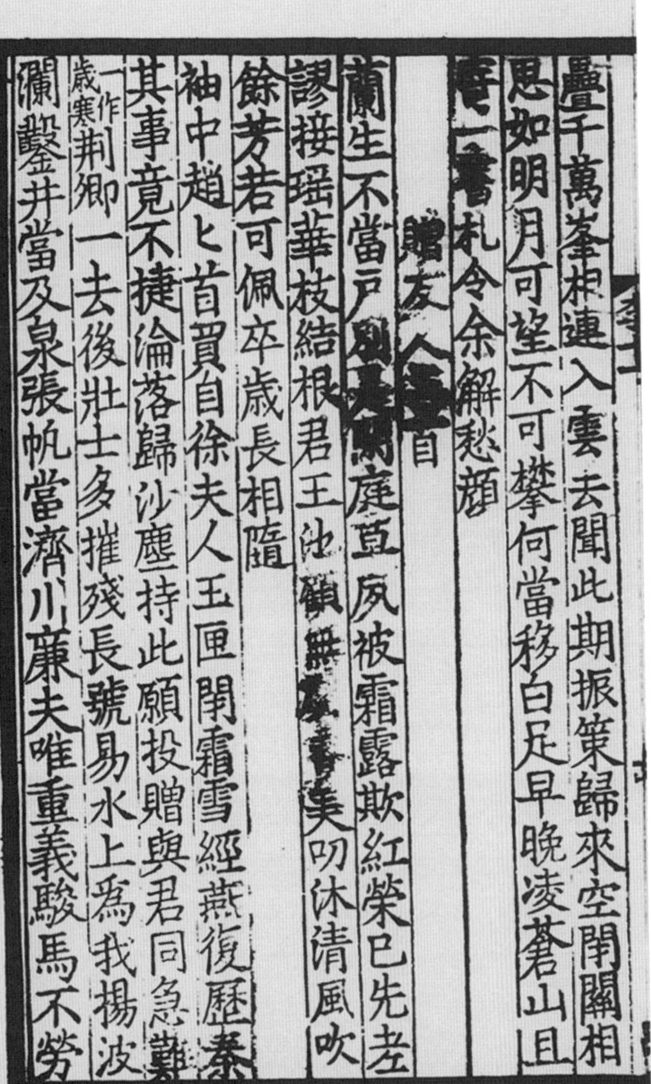

疊千萬峯相連入雲去聞此期振策歸來空閉關相
思如明月可望不可攀何當移白足早晩凌蒼山且
寄一書札令余解愁顔

贈友人三首

蘭生不當戶別是閑庭草夙被霜露欺紅榮已先老
謬接瑤華枝結根君王池顧無馨香美叨沐清風吹
餘芳若可佩卒歲長相隨
袖中趙匕首買自徐夫人玉匣閉霜雪經燕復歷秦
其事竟不捷淪落歸沙塵持此願投贈與君同急難
荊卿（一作歲寒）一去後壯士多摧殘長號易水上爲我揚波
瀾鑿井當及泉張帆當濟川廉夫唯重義駿馬不勞

戰人生貴相知何必金與錢
慢世薄功業非無胷中畫謔浪萬古賢以爲兒童劇
立產如廣費匡君懷長策但苦山北寒誰知道南宅
歲酒上〻逐風〻霜鬢〻兩邊〻蜀主思孔明晉家望安石
時來列五鼎談笑期一擲虎伏避胡塵漁謌遊海濱
嬖妾恥妻嫂長劒託交親夫子秉家義羣公難與鄰
莫持西江水空許東溟臣他日青雲去黃金報主人

陳情贈友人

延陵有寶劒價重千黃金觀風歷〻國暗許故人深
歸來挂墳松萬古知其心懦夫感達節壯氣激素衿
鮑生薦夷吾一舉致齊相斯人無良朋豈有青雲望

臨財不苟取推分固辭讓後世稱其賢英風邈難尚
論交但若此有道孰云喪多君騁逸藻掩映當時人
舒文振頹波秉德冠彝倫卜居乃此地共井為比鄰
清琴弄雲月美酒娛冬春薄德中見捐忽之如遺塵
英豪未豹變自古多艱辛他人縱以疎君意宜獨親
奈何成離居相去復幾許飄風吹雲霓蔽目不得語
投珠冀有報按劍恐相拒所思采芳蘭欲贈隔荊
渚沉憂心若醉積恨淚如雨願假東壁輝餘光照貧女

贈從弟洌

楚人不識鳳重一作高價求山雞獻主昔云是今來方覺
迷自居漆園北乂別咸陽西風飄落日去節變流鶯

啼桃李寒未開幽關豈來蹊逢君發花萼若與青雲
齊及此桑葉綠春蠶起中閨日出撥穀鳴田家擁耡
犁顧余乏尺土東作誰相攜傅說降霖雨公輸造雲
梯羌戎事未息君子悲塗泥報國有長策成功羞執
珪無由謁明王杖策還蓬藜他年爾相訪知我在磻溪

贈閭丘處士

賢人有素業乃在沙塘陂竹影掃秋月荷衣落古池
閑讀山海經散帙臥遙帷且耽田家樂遂曠（一作茂）林中期
野酌勸芳酒園蔬烹露葵如能樹桃李為我結茅茨

贈錢徵君少陽（一作送趙雲卿）

白玉一盃酒綠楊三月時春風餘幾日兩鬢各成絲

秉燭唯須飲投竿也未遲如逢渭水獵猶可帝王師

贈宣州靈源寺沖濬公

敬亭白雲氣秀色連蒼梧下映雙溪水如天落鏡湖
此中積龍象獨許濬公殊風韻逸江左文章動海隅
觀（一作了）心同水月解領得明珠今日逢支遁高談出有無

贈僧朝美

水客凌洪波長鯨湧溟海百川隨龍舟噓噏竟安在
中有不死者探得明月珠高價傾宇宙餘輝照江湖
苞卷金縷褐蕭然若空無誰人識此寶竊笑有狂六
了心何言説各勉黄金軀

贈僧行融

粱日湯惠休常從鮑照遊峨眉史懷一獨映陳公出
卓絶二道人結交鳳與麟行融亦俊發吾知有英骨
海若不隱珠驪龍吐明月大海乗虚舟隨波任安流
詩賦旃檀閣縱酒鸚鵡洲待我適東越相攜上白樓

贈黄山胡公求白鷴 并序

聞黄山胡公有雙白鷴蓋是家雞所伏自小馴狎了
無驚猜以其名呼之皆就掌取食然此鳥耿介尤難
畜之余平生酷好音莫能致而胡公輟贈於我唯求
一詩聞之欣然適會宿意因援筆三叫文不加點以
贈之

請以雙白璧買君雙白鷴白鷴白如錦白雪恥容顔

照影玉潭裏刷毛琪樹間夜棲寒月靜朝步落花閑我願得此鳥翫之坐碧山胡公能輟贈籠寄野人還

登敬亭山南望懷古贈竇主簿

敬亭一廻首目盡天南端仙者五六人常聞此遊盤谿流琴高水石聳麻姑壇白龍降陵陽黄鶴呼子安羽化騎日月雲行翼鴛鸞下視宇宙間四溟皆波瀾汰絶目下事從之復何難百歳落半途前期浩漫漫強食不成味清晨起長歎願隨子明去鍊火燒金丹

贈汪倫（白游涇縣桃花潭村人汪倫常醞美酒以待白倫之裔孫至今寶其詩）

李白乘舟將欲行忽聞岸上踏歌聲桃花潭水深千尺不及汪倫送我情

經亂後將避地剡中留贈崔宣城

雙鵝飛洛陽五馬渡江徼何意上東門胡鶵更長嘯
中原走豺虎烈火焚宗廟太白晝經天頽陽掩餘照
王城皆蕩覆世路成奔峭四海望長安嚬眉寡西笑
蒼生疑落葉白骨空相弔連兵似雪山破敵誰能料
我垂北溟翼且學南山豹崔子賢主人歡娛每相召
胡床紫玉笛却坐清雲叫楊花滿州城置酒同臨眺
忽思剡溪去水石遠清妙雪晝天地明風開湖山貌
悶爲洛生詠醉發吳越調赤霞動金光日足森海嶠
獨散萬古意閑垂一溪釣猿近天上啼人移月邊棹
無以墨綬苦來求丹砂要華髮長折腰將貽陶公誚

獻從叔當塗宰陽冰　當塗

金鏡霾六國亾秦亂天經焉知高光起自有羽翼生
蕭曹安屼屼耿賈摧欃槍吾家有季父傑出聖代英
雖無三台位不借四豪名激昂風雲氣終協龍虎精
弱冠燕趙來賢彥多逢迎魯連擅談笑季布折公卿
遥知禮數絶常恐不合并惕想結宵夣素心久已冥
顧慙青雲器謬奉玉樽傾山陽五百年綠竹忽再榮
高歌振林木大笑喧雷霆落筆灑篆文崩雲使人驚
吐辭又炳煥五色羅華星秀句滿江國高才掞天庭
宰邑艱難時浮雲空古城居人若薙草掃地無纖莖
惠澤及飛走農夫盡歸耕廣漢水萬里長流三琴聲

稚綺播吳越還如太階平小子別金陵來時白下亭
羣鳳憐客鳥差池相哀鳴各拔五色毛意重太山輕
贈微所費廣斗水澆長鯨彈劍歌苦寒嚴風起前楹
月銜天門曉霜落牛渚清長歎即歸路臨川空屏營

寄上

安陸白兆山桃花巖寄劉侍御綰安陸下作壽山歸桃花巖作

侍許等

雲臥三十年好閑復愛仙蓬壺雖冥絕鸞鶴心悠然
歸來桃花巖得憩雲窗眠一本云幼採紫房談早愛滄溟仙心跡顧相誤世輕空谷遷歸來丹巖岫得憩青霞眠對嶺人共語飲潭猿相連時昇翠
微上邈若羅浮巔兩岑抱東壑一嶂橫西天樹雜日

易隱崖傾月難圓芳草換野色飛蘿搖春煙入遠構石室選幽閑山田獨此林下意杳無區中緣永辭霜臺客一作霜臺客千載方來旋

淮南臥病書懷寄蜀中趙徵君蕤 淮南

吳會一浮雲飄如遠行客一作萬里無主人一身獨為客功業莫從就歲光屢奔迫良圖俄棄捐衰疾乃綿劇古琴藏虛匣長劍挂空壁楚懷奏鐘儀越吟比莊舄一作莊舄已越吟鍾儀論楚奏國門遙天外鄉路遠山隔朝憶相如臺夜夢子雲宅旅情初結緝一作結緝一作如秋氣方寂歷風入松下清露出草間白故人不在此一作可見而我誰與適一作與誰適寄書西飛鴻贈爾慰離析

寄弄月溪吳山人

嘗聞龐德公家住洞湖水終身栖鹿門不入襄陽市
夫君弄明月滅景清淮裏高蹤邈難追可與古人比
清陽杳莫覩白雲空望美待號辭人間攜手訪松子

秋山寄衛尉張卿及王徵君 會稽

何以折相贈白花青桂枝月華若夜雪見此令人思
雖然剡溪興不異山陰時明發懷二子空吟招隱詩

望終南山寄紫閣隱者 長安

出門見南山引領意無限秀色難為名蒼翠日在眼
有時白雲起天際自舒卷心中與之然託興每不淺
何當造幽人滅跡棲絕巘

夕霽杜陵登樓寄韋繇

浮陽滅霽景萬物生秋容登樓送遠目伏檻觀羣峯原野曠超緬關河紛錯重清輝映竹日一作水炸翠色明雲松蹈海寄遐想還山迷舊蹤徒然迫晚暮未果諧心曾結空佇立折麻恨莫從一作采蘭竟誰攀荷贈莫從思君達永夜長樂聞疎鐘

秋夜宿龍門香山寺奉寄王方城十七丈奉國瑩上人從弟幼成令問　洛陽

朝發汝海東暮棲龍門中水寒夕波急木落秋山空望極九霄迥賞幽萬壑通目皓沙上月心清松下一作裏風玉斗生横一作網戸銀何耿花宮興在趣方逖歡

餘情未終一作咫尺幽崖隔徵眞眞盡歡鳳駕憶王子虎溪懷遠公
桂枝坐蕭瑟一作銷歇棣華不復同流恨一作淚寄伊水盈
盈焉可窮

春日獨坐寄鄭明府

鷰麥青青遊子悲河堤弱柳鬱金枝長條一拂春風
去盡日飄揚無定時我在河南別離久那堪對此當
窻牖情人道來竟不來何人共醉新豐酒

寄淮南友人

紅顏悲舊國青歲歇芳洲不待金門詔空持寶劍遊
海雲迷驛道江月隱鄉樓復作淮南客因逢桂樹留

沙丘城下寄杜甫齊魯

我來竟何事高臥沙丘城城邊有古樹日夕連秋聲
魯酒不可醉齊歌空復情思君若汶水浩蕩寄南征

聞丹丘子於城北山營石門幽居中有高鳳
遺跡僕離羣遠懷亦有棲遁之志因敘舊以
寄之

春華（一作弄）滄江月秋色碧海雲離居盈寒暑對此長
思君思君楚水南望君淮山北夢魂雖飛來會面不
可得疇昔在嵩陽同衾臥羲皇綠蘿笑簪紱丹壑賤
巖廊晚途各分析乘興任所適僕在鴈門關君爲峨
眉客心懸萬里外影滯兩鄉隔長劒復歸來相逢洛
陽陌陌上何喧喧都令心意煩迷津覺路失託勢隨

風翻以茲謝朝列長嘯歸故園故園恣閑逸求古散
縹帙久欲入一作尋名山婚娶殊未畢人生信多故世
事豈惟一念此憂如焚悵然若有失聞君卧石門宿
昔契彌敦方從桂樹隱不羨桃花源高鳳起遐曠幽
人跡復存松風清瑶瑟溪月湛芳罇安居偶佳賞丹
心期此論

李太白文集卷第十一

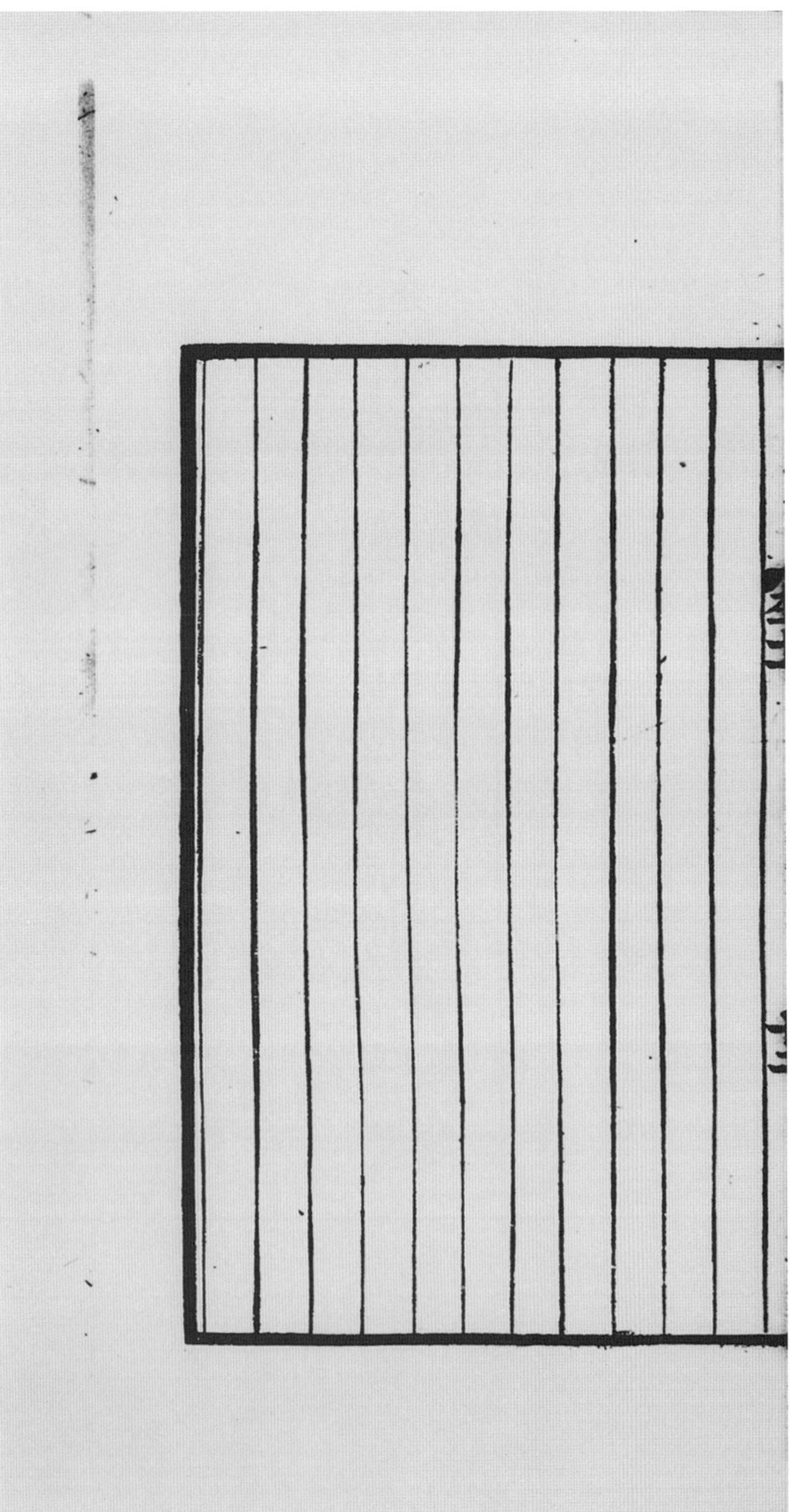

李太白文集卷第十二

歌詩四十首

寄下

淮陰書懷寄王宗成一首舟至淮寄一作王宋城

沙墩至梁苑二十五長亭大舶夾雙櫓中流鵝鸛鳴
雲天掃空碧川岳涵餘清飛鳧從西來適與佳興并
眷言王喬舄婉孌故人情復此親懿會而增交道榮
沿洄且不定飄忽悵徂征暝投淮陰宿欣得漂母迎
斗酒烹黃雞一飡感素誠予為楚壯士不是魯諸生
有德必報之千金耻為輕緬書羇孤意遠寄棹歌聲

聞王昌齡左遷龍標遥有此寄

楊州花落一作楊花落盡子規啼聞道龍標過五溪我寄愁
心與明月隨君直到夜郎西

寄王屋山人孟大融

我昔東海上勞山餐紫霞親見安期公食棗大如瓜
中年謁漢主不愜還歸家朱顏謝春暉白髮見生涯
所期就金液飛步登雲車願隨夫子天壇上閑與仙
人掃落花

憶舊遊寄譙郡元參軍 金陵

憶昔洛陽董糟丘為余天津橋南造酒樓黃金白璧
買歌笑一醉累月輕王侯海內賢豪青雲客就中與
君一作與君心莫逆迴山轉海不作難傾情倒意無所

昔我向淮南攀桂枝君留洛北愁夢思不忍別還相
隨相隨迢迢訪仙城三十六曲水廻縈一溪初入千
花明萬壑度盡松風聲銀鞍金絡到平地漢東太守
來相迎紫陽之真人邀我吹玉笙飡霞樓上動仙樂
嘈然宛似鸞鳳鳴袖長管催欲輕舉漢中太守醉起
舞一作漢東太守酣歌舞手持錦袍覆我身我醉橫眠枕其股
當筵意氣凌九霄星離雨散不終朝分飛楚關山水
遥余既還山尋故巢君亦歸家度渭橋君家嚴君勇
貔虎作尹并州遏戎虜五月相呼度太行摧輪不道
羊腸苦行來北涼歲月深感君貴義輕黃金瓊杯綺
食青玉案使我醉飽無歸心時時出向城西曲晉祠

流水如碧玉浮舟弄水簫鼓鳴微波龍鱗莎草綠興
來攜妓恣經過其若楊花似雪何紅一作鮮粧欲醉宜
斜日一作如花落百尺清潭寫翠娥翠娥嬋娟初月輝美
人更唱舞羅衣清風吹歌入空去歌曲自繞行雲飛
此時行一作叢樂難再遇西遊因獻長楊賦北闕青雲
不可期東山白首一作髮還歸去渭橋南頭一作渦水橋南一
遇君酇臺之北又離羣問余別恨今多少落花春暮
爭紛紛一作鸎飛來支滿芳樹落花送客何紛紛言一作情亦不可盡情一作
言亦不可極呼兒長跪緘此辭寄君千里遙相憶

月夜江行寄崔員外宗之

飄颻江風起蕭颯海樹秋登艫美清夜挂席移輕舟

月隨碧山轉水合青天流杳如（一作然）星河上但覺雲
林幽歸路方浩浩徂川去悠悠徒悲蕙草歇復聽菱
歌愁岸曲迷後浦沙明瞰前洲懷君不可見望遠增
離憂

宿白鷺洲寄楊江寧

朝別朱雀門暮棲白鷺洲波（一作沙）光搖海月星影入
城樓望美金陵宰如思瓊樹憂徒令魂作夢翻覺夜
成秋綠水解人意爲余西北流因聲玉琴裏蕩漾寄
君愁

新林浦阻風寄友人（一云金陵阻風雪書懷寄楊江寧）

潮水定可信天風難與期清晨西北轉薄暮東南吹

以此難挂席佳期益相思一本云以此難挂席涸公頗淹遲使索金陵書又明賢宰知絃歌止過客惠化聞京師海月破圓一作團景菰蔣生緑池昨日北湖梅開花已滿枝花一作昨日北湖花初開未滿枝今朝一作有白門柳夾道垂青絲歲物忽如此我來定一作復幾時紛紛江上雪草草客中悲明發新林浦一作橋浦反空吟謝朓詩

寄韋南陵冰余江上乘興訪之遇尋顏尚書笑有此贈

南船正東風北船來自緩江上相逢借問君語笑一作聲未了風吹斷聞君攜妓訪情人應爲尚書不顧身堂上三千珠履客甕中百斛金陵春恨我阻此樂淹

留楚（一作此）江濱月色醉遠客山花開欲然春風狂殺
人一日剗三年乗興嫌太遲焚却子猷船夢見五柳
枝已堪挂馬鞭何日到彭澤長（一作狂）歌陶令前

題情深樹寄象公

腸斷枝上猨淚添山下樽白雲見我去亦爲我飛翻

北山獨酌寄韋六

巢父將許由未聞買山隱（一作遁）存跡自高何憚去人近
紛吾下玆嶺地閑諠亦泯門（一作閑）横羣岫開水鑿衆泉引
屏高而在雲竇深莫能準川光晝昏凝林氣夕淒緊
於焉摘朱果兼得養玄牝坐月觀寶書拂霜弄瑤軫
傾壺事幽酌顧影還獨盡念君風塵遊傲爾令自哂

一作安知世上人名利空蠢蠢

寄當塗趙少府炎

晩登高樓望木落雙江清寒山饒積翠秀色連州城
目送楚雲盡心悲胡鴈聲相思不可見迴首故人情

寄東魯二稚子 在金陵作

呉地桑葉緑呉蠶已三眠我家寄東魯誰種龜陰田
春事已不及江行復茫然南風吹歸心飛墮酒樓前
樓東一株桃枝葉拂青煙此樹我所種別來向三年
桃今與樓齊我行尚未旋嬌女字平陽折花倚桃邊
折花不見我涙下如流泉小兒名伯禽與姊亦齊肩
雙行桃樹下撫背復誰憐念此失次第肝腸日憂煎

裂素冩遠意因之汶陽川

獨酌青溪江石上寄權昭夷　秋浦

我攜一樽酒獨上江祖石自從天地開更長幾千尺
舉杯向天笑天迴日西照永願坐此石長垂嚴陵釣
寄謝山中人可與爾同調

禪房懷友人岑倫南遊羅浮兼泛桂海自春
徂秋不返僕旅江外書情寄之　尋陽

嬋娟羅浮月揺艷桂水雲美人竟獨往而我安能羣
一朝語笑隔萬里權情分沉吟綵霞没夢寐瓊芳歇
歸鴻度三湘遊子在百越邊塵染衣劒白日凋華髮
春氣變楚關秋聲落吳山草木結悲緒風沙凄苦顔

揚來已永久頽思如循環飄飄限江裔想像空留滯
離憂無醉心別淚徒盈袂坐愁青天末出望黃雲蔽
目極何悠悠梅花南嶺頭空長滅征鳥水闊無還舟
寶劍終難託金囊非易求歸來儻有問桂樹山之幽

廬山謠寄盧侍御虛舟

我本楚狂人鳳歌笑（一本作笑）孔丘手持綠玉杖（一作枝）朝
別黃鶴樓五嶽尋仙不辭遠一生好入名山遊廬山
秀出南斗傍屏風九疊雲錦張影落明湖青黛光金
闕前開二峰長（一作銀）河倒挂（一作寫）三石梁香爐瀑布遥
相望迴崖沓嶂（一作何）凌蒼蒼翠影紅霞映朝日（一作照千里）
鳥飛不到吳天長登高壯觀天地間大江茫茫去不

還黃雲萬里動風色白波九道流雪山好爲廬山謠
興因廬山發閑窺石鏡清我心謝公行處蒼苔没（一作
綵羅開處懸明月）早服還丹無世情琴心三疊道初成遥見
仙人綵雲裏手把芙蓉朝玉京先期汗漫九垓上願
接盧敖遊太清

下尋陽城汎彭蠡寄黃判官

浪動灌嬰井尋陽（一作吾知）江上風開帆入天鏡直向彭
湖東落景轉疎雨晴雲散遠空名山發佳興（一作返景照隊
雨霽煙遷遠中流得佳興）空清賞亦何窮石鏡挂遥月香爐滅彩
虹（一作瀑布雨霽清垂山挂彩虹）相思俱對此舉目與君同

書情寄從弟邠州長史昭

自笑客行久我行定幾時綠楊已可折攀取最長枝
翩翩一作翩翩弄春色延佇寄相思誰言貴此物意願一作
厚重瓊瑤昨夢見惠連朝吟謝公詩東風引碧草不
覺生華池臨歎忽云夕杜鵑夜鳴悲懷君芳歲歇庭
樹落紅滋

寄上吳王三首

淮王愛八公攜手綠雲中小子忝枝葉亦攀丹桂叢
謬以詞賦重而將枚馬同何日背淮水東之觀上風
坐嘯廬江靜閑聞進玉觴去時無一物東壁挂胡床
英明廬江守聲譽廣平籍灑掃黃金臺招邀青雲客
客曾與天通出入清禁中襄王憐宋玉願入蘭臺宮

寄王漢陽

南湖秋月白王宰夜相邀錦帳郎官醉羅衣舞女驕
笛聲喧沔鄂歌曲上雲霄別後空愁我相思一水遥

春日歸山寄孟六浩然

朱紱遺塵境青山謁梵筵金繩開覺路寶筏度迷川
嶺樹攢飛栱巖花覆谷泉塔形標海日樓勢出江煙
香氣三天下鍾聲萬壑連荷秋珠已滿松密蓋初圓
鳥聚疑聞法龍參若護禪愧非流水韻叨入伯牙絃

流夜郎永華寺寄潯陽羣官　流夜郎

朝別凌煙樓賢豪滿行舟暝投永華寺賓散予獨醉
願結九江流添成萬行淚寫意寄廬嶽何當來此地

天命有所懸安得苦愁思

西塞驛寄裴隱

揚帆借天風水驛苦不緩平明及西塞已先投沙伴
廻巖引羣峯横蹙楚山斷砯衝萬壑會震沓百川滿
龍怪潛溟波候時救炎旱我行望雷雨安得霑枯散
鳥去天路長人悲春光短空將澤畔吟寄爾江南管

自漢陽病酒歸寄王明府

去歲左遷夜郎道琉璃硯水長枯槁今年勑放巫山
陽蛟龍筆翰生輝光聖主還聽子虛賦相如却欲論
文章願掃鸚鵡洲與君醉百場嘯起白雲飛七澤歌
吟綠水動三湘莫惜連船沽美酒千金一擲買春芳

望漢陽柳色寄王宰

漢陽江上柳望客引東枝樹樹花如雪紛紛亂若絲春風傳我意草木度前知一作草木發前墀寄謝絃歌宰西來定未遲

江夏寄漢陽輔錄事

誰道此水廣狹如一匹練江夏黃鶴樓青山漢陽縣大語猶可聞故人難可見君草陳琳檄我書魯連箭報國有壯心龍顏不廻眷西飛精衛鳥東海何由塡鼓角徒悲鳴樓船習征戰抽劍步霜月夜行空庭徧長呼結浮雲埋沒顧榮扇他日觀軍容投壺接高宴

早春寄王漢陽

聞道春還未相識走傍寒梅訪消息昨夜東風入武
陽昌一作陌頭楊柳黄金色碧水浩浩雲茫茫美人不
來空斷腸預拂青山一片石與君連日醉壺觴

江上寄巴東故人

漢水波浪遠巫山雲雨飛東風吹客夢西落此中時
覺後思白帝佳人與我違瞿塘饒賈客音信莫令希

江上寄元六林宗

霜落江始寒楓葉緑未脱客行悲清秋永路苦不達
滄波眇川汜白日隱天末停棹依林巒驚猿相叫聒
夜分河漢轉起視溟漲闊涼風何蕭蕭流水鳴活活
浦沙淨如洗海月明可掇蘭交空懷思瓊樹詎解渇

勗哉滄州心歲晚庶不奪幽賞頗自得興遠與誰豁

寄從弟宣州長史昭

爾佐宣城郡守官清且閑常誇雲月好邀我敬亭山
五落洞庭葉三江游未還相思不可見歎息損朱顏

涇溪東亭寄鄭少府諤 宣城

我遊東亭不見君沙上行將白鷺羣白鷺閑時散飛
去又如雪點青山雲欲往涇溪不辭遠龍門蹙波虎
眼轉杜鵑花開春已闌歸向陵陽釣魚晚

宣城九日聞崔四侍御與宇文太守遊敬亭
余時登響山不同此賞醉後寄崔侍御二首

九日茱萸熟插鬢傷早白登高望山海滿目悲古昔

遠訪投沙人因爲逃名客故交竟誰在獨有崔亭伯
重陽不相知載酒任所適手持一枝菊調笑二千石
日暮岸幘歸傳呼隘阡陌彤襜雙白鹿賓從何輝赫
夫子在其間遂成雲霄隔良辰與美景兩地方虚擲
晚從南峯歸蘿月下水壁却登郡樓望松色寒轉碧
咫尺一作塵美不可親棄我如遺舄
九卿天上落五馬道傍來列戟朱門曉褰帷碧嶂開
登高望遠海召客得英才紫綬歡情洽黃花逸興催
山從圖上見溪即一作向鏡中迴遥羨重陽作應過戲
馬臺

寄崔侍御

宛溪霜夜聽猿愁去國長為不繫舟獨憐一鴈飛南
海却羨雙溪解北流高人屢解陳蕃榻過客難登謝
脁舟此處別離同落葉朝朝分散敬亭秋

涇溪南藍山下有落星潭可以卜築余泊舟
石上寄何判官昌浩

藍岑竦天壁突兀如鯨額奔蹙橫澄潭勢吞落星石
沙帶秋月明水搖寒山碧佳境宜緩棹清輝能留客
恨君阻歡遊使我自驚惕所期俱卜築結茅鍊金液

早過漆林渡寄萬巨

西經大藍山南來漆林渡水色倒空青林煙橫積素
漏流昔吞翕沓浪競奔注潭落天上星龍開水中霧

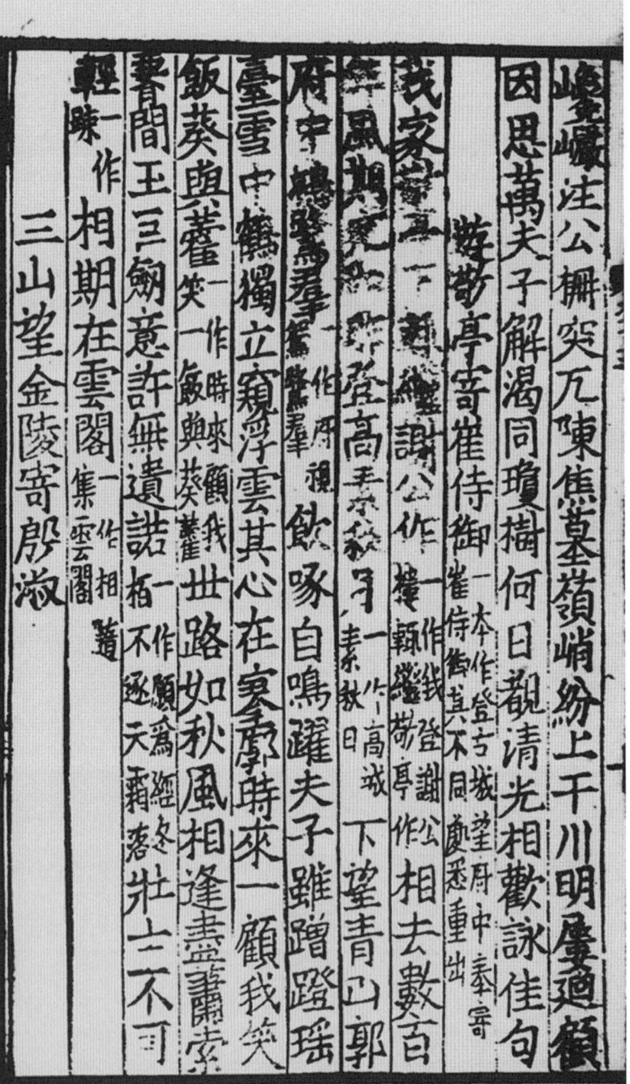

巉巖注公栅突兀陳焦蓋嶺峭紛上干川明屢迴顧
因思萬夫子解渴同瓊樹何日覩清光相歡詠佳句

遊敬亭寄崔侍御 一本作登古城望府中奉寄崔侍御其不同處悉重出

我家敬亭下輒継謝公作 一作我登謝公樓一顧纔敬亭作 相去數百年風期宛如昨登高素秋月 一作高城素秋日 下望青山郭府中鸞鷺羣 一作府中鸞鷺羣 視飲啄自鳴躍夫子雖蹭蹬瑤臺雪中鶴獨立窺浮雲其心在寥廓時來一顧我笑飯葵與藿 一作時來顧我笑一飯與葵藿 世路如秋風相逢盡蕭索晝間王三劍意許無遺諾 一作願爲經冬柏不逐天霜落 壯士不可輕 一作睞 相期在雲閣 集云雲閣 一作相隨

三山望金陵寄殷淑

三山懷謝朓水澹（一作綠水）望長安𦶜沒河陽縣秋江正共看盧龍霜氣冷鳷鵲月光寒耿耿憶瓊樹天涯寄一歡

自金陵泝流過白壁山翫月達天門寄句容王主簿

滄江泝流歸白壁見秋月秋月照白壁晧如山陰雪幽人停宵征賈客忘早發進帆天門山迴首牛渚沒川長信風來日出宿霧歇故人在咫尺新賞成胡越寄君青蘭花惠好庶不絕

李太白文集卷第十二

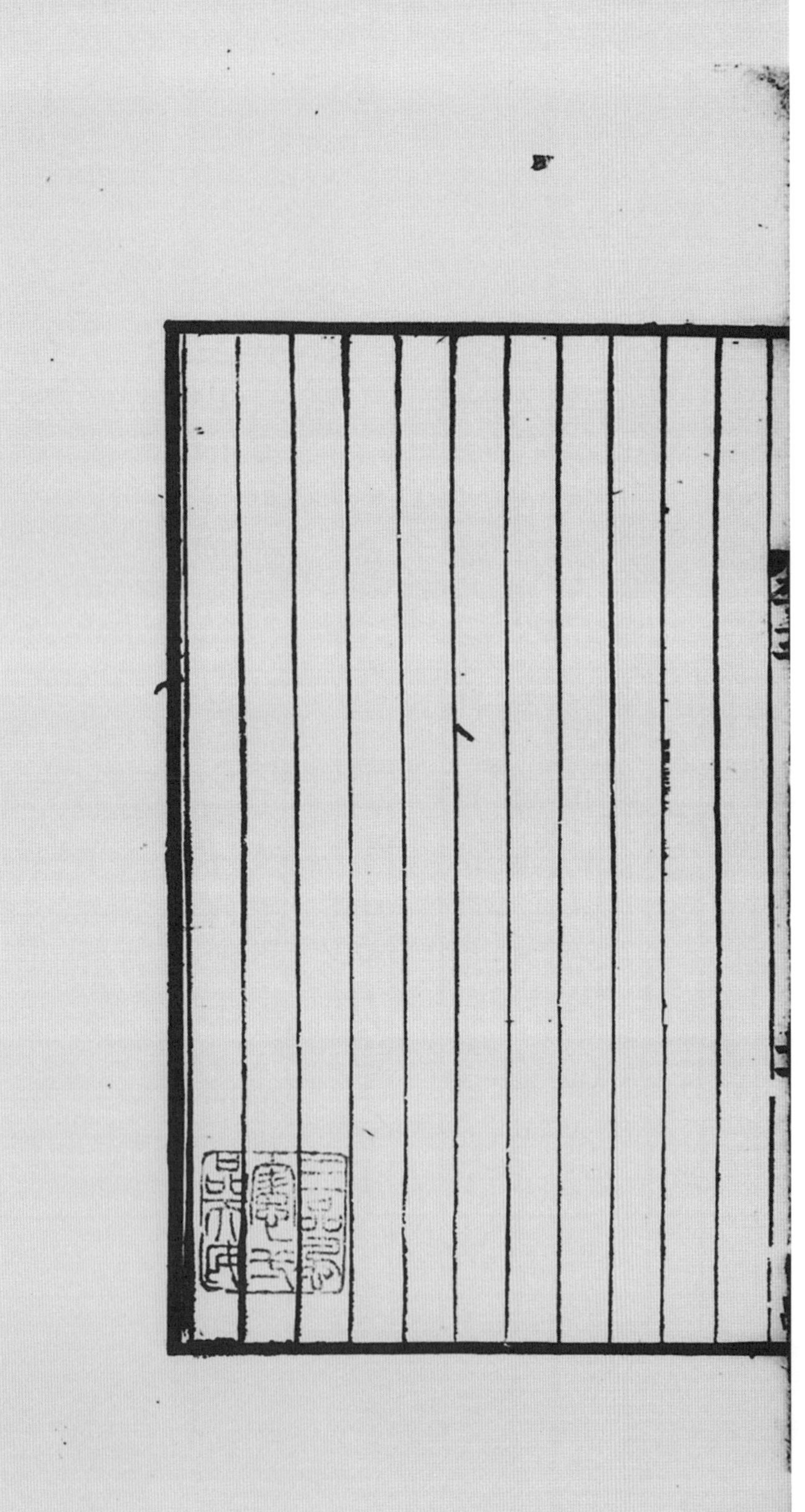

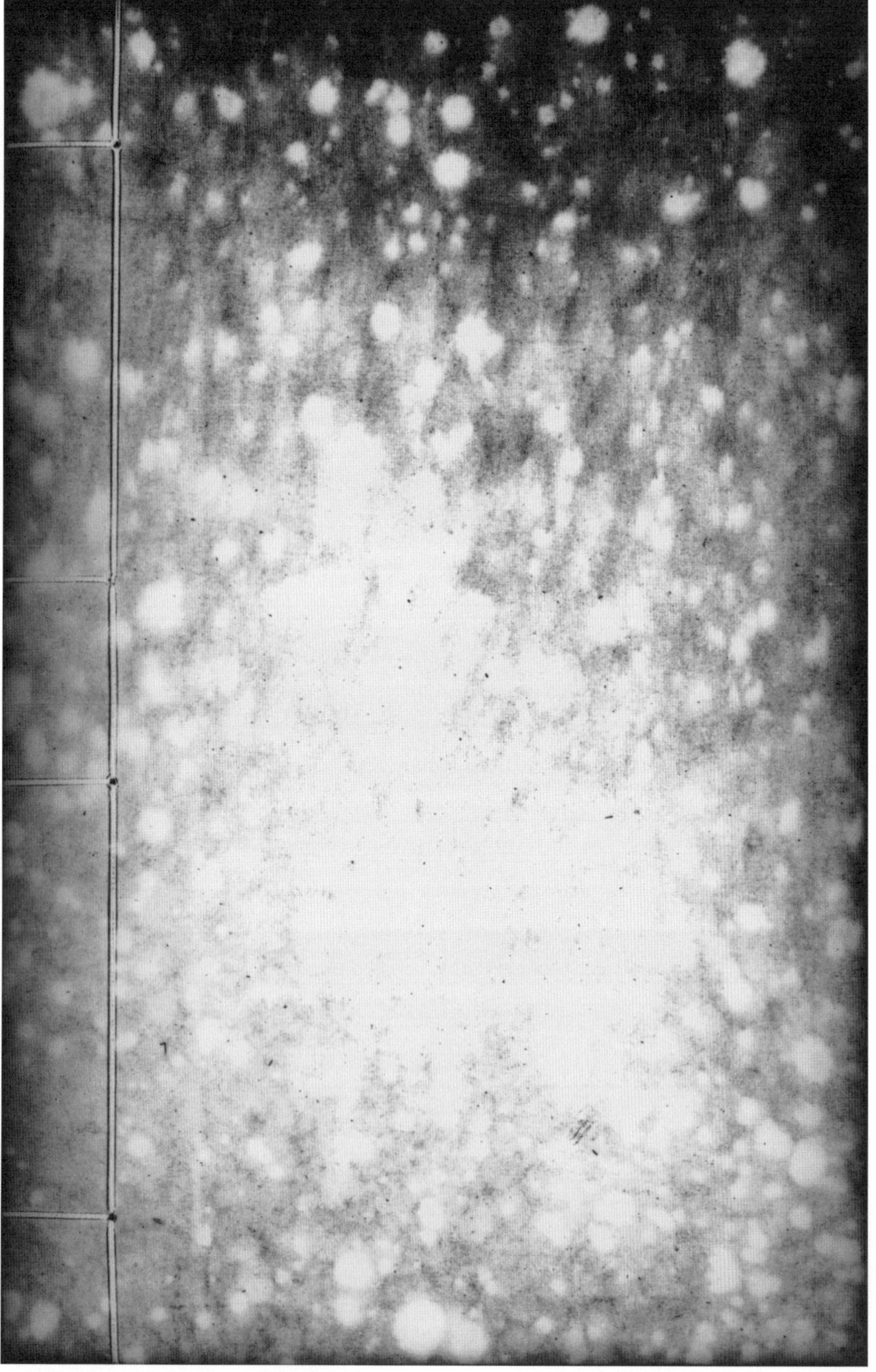

196
12
5 13
六

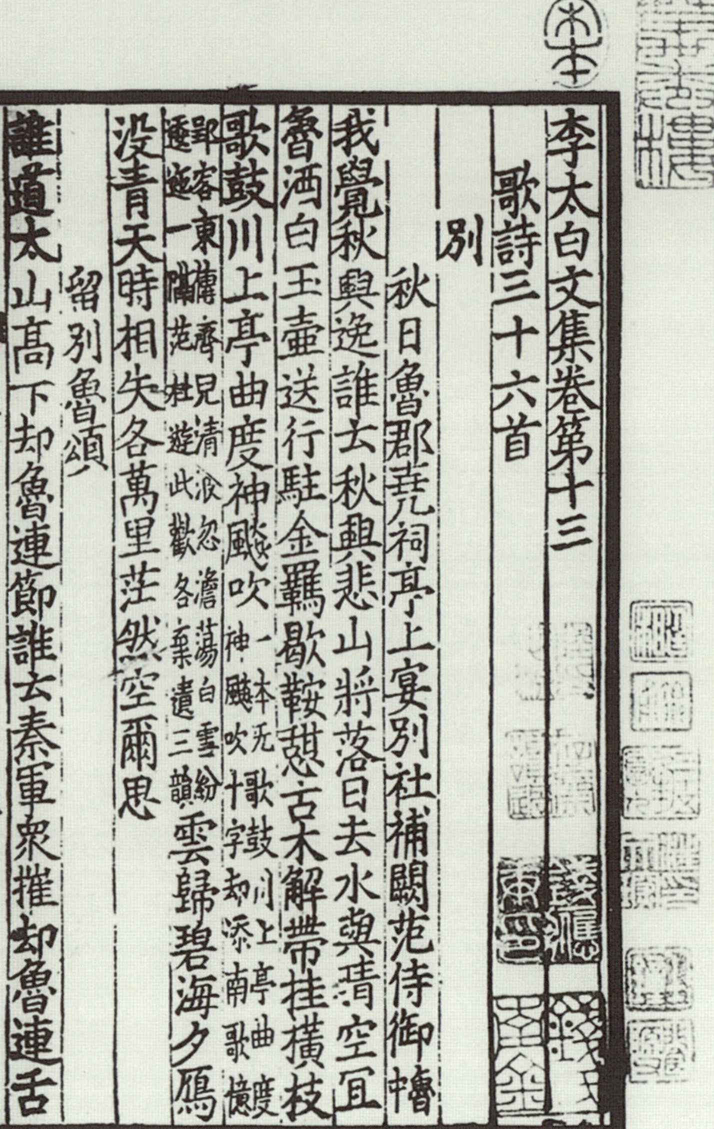

李太白文集卷第十三

歌詩三十六首

秋日魯郡堯祠亭上宴別杜補闕范侍御魯中別

我覺秋興逸誰云秋興悲山將落日去水與晴空宜魯酒白玉壺送行駐金羈歇鞍憩古木解帶挂橫枝歌鼓川上亭曲度神飇吹一本无歌鼓川上亭曲度神飇吹十字却添南歌憶郢客東儔齊兒清淺忽澹蕩白雲紛遷遊一觴范杜遊此歡各棄遺三韻雲歸碧海夕鴈没青天時相失各萬里茫然空爾思

留別魯頌

誰道太山高下却魯連節誰云秦軍衆摧却魯連舌

獨立天地間清風灑蘭雪夫子還倜儻攻文繼前烈
錯落石上松無爲秋霜折贈言鏤寶刀千歲庶不滅

別中都明府兄

吾兄詩酒繼陶君試宰中都天下聞東樓喜奉連枝
會南陌還爲落葉分城隅(一作江城)淥水明秋日海上青
山隔暮雲取醉不辭留夜月鴈行中斷惜離羣

夢遊天姥吟留別(一作夢遊天姥山別東魯諸公)

海客談瀛洲煙濤微茫(一作漫)信難求越人語(一作道)天
姥雲霓明滅或(一作安)可覩天姥連天向天橫勢拔(一作
技)五岳掩赤城天台四萬八千丈對此欲(一作絶)倒東
南傾我欲因之(一作[illegible])夢吳越一夜飛度鏡湖月湖月

照我影送我至剡谿謝公宿處今尚在淥水蕩漾清
猿啼脚著謝公屐身登青雲梯半壁見海日空中聞
天雞千巖萬轉路不定迷花倚石忽已暝熊咆龍吟
殷巖泉慄深林兮驚層巔雲一作青青兮欲雨水澹
澹兮生煙列缺霹靂丘巒崩摧洞天石扇一作扉訇然
中一作而開青冥浩蕩不見底日月照耀金銀臺霓為
衣兮鳳為馬雲之君兮紛紛而來下虎鼓瑟兮鸞回
車仙之人兮列如麻忽魂悸以魄動怳驚起而長嗟
惟覺時之枕席失向來之煙霞世間行樂亦如此古
來萬事東流水別君去兮何時還且放白鹿青崖間
須行即騎訪名山安能摧眉折腰事權貴使我不得

開心顏

留別曹南羣官之江南

我昔釣白龍放龍溪水傍道成本欲去揮手凌蒼蒼
時來不關人談笑遊軒皇獻納少成事歸休辭建章
十年罷西笑覽鏡如秋霜閉劒琉璃匣鍊丹紫翠房
身佩豁落圖腰垂虎盤囊仙人借綵鳳志在窮遐荒
戀子四五人徘徊未翱翔東流送白日驟歌蘭蕙芳
仙宮兩無從人間久摧藏范蠡説勾踐屈平去懷王
飄飄紫霞心流浪憶江鄉愁爲萬里別復此一銜觴
淥水帝王州金陵繞丹陽樓臺照海色衣馬揺川光
及此北望君相思淚成行朝雲落夢渚瑶草空高堂

帝子隔洞庭青楓滿瀟湘懷歸路綿邈覽古情淒涼
登岳眺百川杳然萬恨長却戀峨眉去弄景偶騎羊

留別于十一兄逖裴十三遊塞垣

太公渭川水李斯上蔡門釣周獵秦安黎元小魚鐃
兔何足言天張雲卷有時節吾徒莫歎羝觸藩于公
白首大梁野使人悵望何可論既知朱亥爲壯士且
願束心秋毫裏秦趙虎爭血中原當去抱關救公子
裴生覽千古龍鸞炳天章悲一作高吟雨雪動林木放
書輟劍思悲一作高堂勸爾一杯酒拂爾裘上霜爾爲
我楚舞吾爲爾楚歌且探虎穴向沙漠鳴鞭走馬凌
黃河恥作易水別臨岐淚滂沲

留別王司馬嵩

魯連賣談笑　豈是顧千金　陶朱雖相越　本有五湖心
余亦南陽子　時為梁甫吟　蒼山容偃蹇　白日惜頹侵
願一佐明主　功成還舊林　西來何所為　孤劍託知音
鳥愛碧山遠（一作碧相秀　一作飄集）　魚遊滄海深　呼鷹過上蔡　賣
畚向嵩岑　他日閑相訪　丘中有素琴

還山留別金門知己（一本云出金門後書懷留別翰林諸公）

好古笑流俗　素聞賢達風　方希佐明主　長揖辭成功
白日在青天　迴光燭（一作照）微躬　恭承鳳凰詔　欻起雲
羅（一作蘿）中　清切紫霄迥　優遊丹禁通　君王賜顏色　聲
價凌烟虹　乘輿擁翠蓋　扈從金城東　寶馬驟（一作麗）絕

景錦衣人新豐倚巖壑松雪對酒鳴絲桐方（一作因）學
揚子雲獻賦甘泉宮天書美片善清芬（一作芬）播無窮
歸來入咸陽譚笑皆王公一朝去金馬飄落成飛蓬
賓友（一作從）日疎散玉罇亦（一作尋）已空長才（一作才力）猶可
倚不慚世上雄閑來東武吟曲盡情未終書此謝知
已扁舟（一作滄波）尋釣翁

夜別張五

吾多張公子別酌酣高堂聽歌舞銀燭把酒輕羅霜
横笛弄秋月琵琶彈陌桑龍泉解錦帶為爾傾千觴

魏郡別蘇少府因（北游）

魏都接燕趙美女誇芙蓉淇水流碧玉舟車日奔衝

青樓夾兩岸萬室宣歌鍾天下稱豪貴一作豪貴遊遊此一作此中每相逢洛陽蘇季子劍戟森詞鋒六印雖未佩一作金遠秦誡遙軒車若飛龍黃金數百鎰白璧有幾雙散盡空掉臂高歌賦還一作歸邛合從又連橫其意未可封落拓乃如此何誰一作人不相從遠別隔兩河雲山杳千重一作雲天滿愁容何時更盃酒再得論心胸

留別西河劉少府

秋一作鬢髮已種種所爲竟無成閑傾魯壺酒笑對劉公榮謂我是方朔人間落歲星白衣千萬乘何事去天庭君亦不得意高歌羨鴻冥世人若醯雞安可識梅生雖爲刀筆吏緬懷在赤城余亦如流萍隨波樂

休明自有兩少妾雙騎駿馬行東山春酒綠歸隱酣
浮名

潁陽別元丹丘之淮陽 河南

吾將元夫子異姓爲天倫本無軒裳契素以烟霞親
嘗恨迫世網銘意俱未伸松柏雖寒苦羞逐桃李春
悠悠市朝間玉顏日緇磷所共重山岳所得輕埃塵
精魄漸蕪穢衰老相憑因我有錦囊訣可以持君身
當餐黃金藥去爲紫陽賓萬事難並立百年猶崇晨
別爾東南去悠悠多悲辛前志庶不易遠途期所遵
已矣歸去來白雲飛天津

留別廣陵諸公 淮南一作留別邯鄲故人

憶昔作少年結交趙與燕金羈絡駿馬錦帶橫龍泉
寸心無疑事所向非徒然晚節覺此疏獵精草太玄
空名束壯士薄俗棄高賢中迴聖明顧揮翰凌雲煙
騎虎不敢下攀龍忽墮天還家守清真孤潔勵秋蟬
鍊丹費火石採藥窮山川臥海不關人租稅遼東田
乘興忽復起棹歌溪中船臨醉謝葛強山公欲倒鞭
狂歌自此別垂釣滄浪前

廣陵贈別

玉瓶沽美酒數里送君還繫馬垂楊下銜盃大道間
天邊看綠水海上見青山興罷各分袂何須醉別顏

感時留別從兄徐王延年一作延平從弟延陵

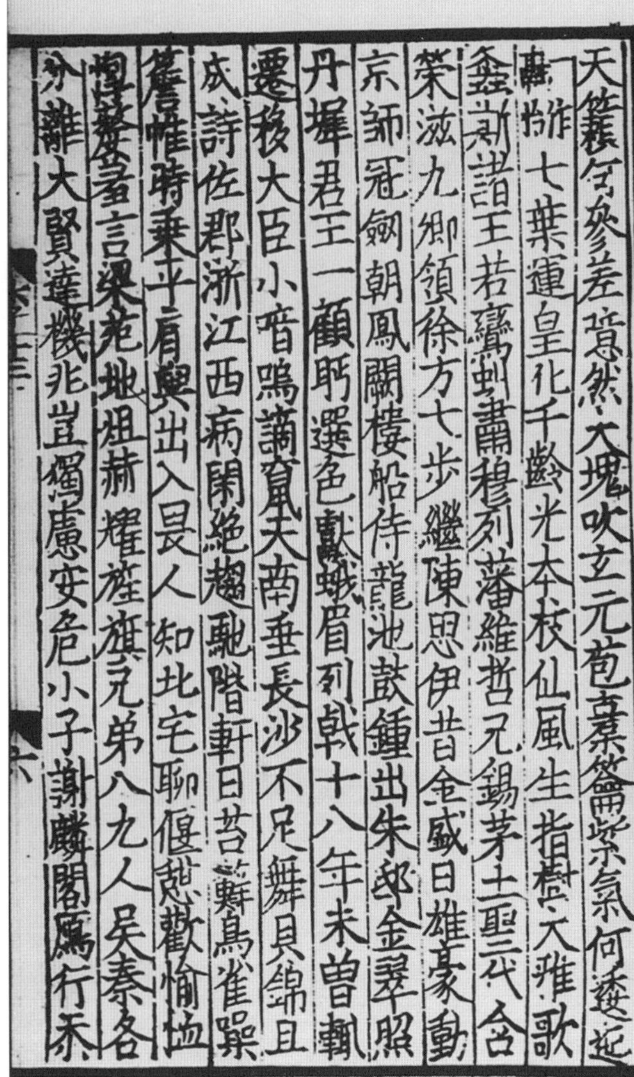

天籟何參差噫然大塊吹玄元包橐籥紫氣何逶迤一作轉迆七葉運皇化千齡光本枝仙風生指樹大雅歌螽斯諸王若鸞虯肅穆列藩維哲兄錫茅土聖代含榮滋九卿領徐方七步繼陳思伊昔全盛日雄豪動京師冠劍朝鳳闕樓船侍龍池鼓鍾出朱邸金翠照丹墀君王一顧眄選色獻蛾眉列戟十八年未曾輒遷移大臣小喑嗚謫竄天南垂長沙不足舞貝錦且成詩佐郡浙江西病閑絕趨馳階軒日苔蘚鳥雀噪簷帷時乘平肩輿出入畏人知北宅聊偃憩歡愉恤惸嫠羣言粱苑地烜赫耀旌旗兄弟八九人吳秦各分離大賢達機兆豈獨慮安危小子謝麟閣鴈行不

肩隨令弟字延陵鳳毛出天姿清英神仙骨芬馥茝
蘭蕤夢得春草句將非惠連誰深心紫河車與我特
相宜金膏儷圓象玉液尚磷緇伏枕寄賓館宛同清
漳湄藥物多見饋珍羞亦兼之誰道溟渤深猶言淺
恩慈鳴蟬游子意促織念歸期驕陽何太赫海水爍
龍龜百川盡凋枯舟楫閣中逵策馬摖涼月通宵出
郊岐泣別目眷眷傷心步遲遲願言保明德王室佇
清夷摻袂何所道援毫投此辭

別儲邕之剡中

借問剡中道東南指越鄉舟從廣陵去水入會稽長
竹色溪下綠荷花鏡裏香辭君向天姥拂石臥秋霜

留別金陵諸公（金陵）

海水昔飛動三龍紛戰爭鍾山危波瀾傾側駭奔鯨
黃旗一掃蕩割壤開吳京六代更霸王遺跡見都城
（一作遺見空城）（靜）至今秦淮間禮樂秀羣英地扇鄒魯學詩
騰顏謝名五月金陵西祖余白下亭欲尋廬峯頂先
繞漢水行香爐紫煙滅瀑布落太清若攀星辰去揮
手緬含情

口號

食出野田美酒臨遠水傾東流若未盡應見別離情

金陵酒肆留別

白門柳花滿（一作酒）店香吳姬壓酒喚客嘗金陵子弟

相送欲行不行各盡觴請君問取東流水別意與
之誰短長

金陵白下亭留別

驛亭三楊樹正當白下門吴煙瞑長條漢水齧古根
向來送行處迴首阻笑言別後若見之為余一攀翻

別東林寺僧

東林送客處月出白猿啼笑別廬山遠何煩過虎谿

竄夜郎於烏江留別宗十六璟（疑烏江及宗字誤）

君家全盛日台鼎何陸離斬鼇翼媧皇鍊石補天維
一迴日月顧三入鳳凰池失勢青門傍種瓜復幾時
猶會舊賓客三千光路歧皇恩雪憤濊松柏含榮滋

我非東牀人令姊忝齊眉浪迹未出世空名動京師
適遭雲羅解翻謫遣一作夜郎悲拙妻莫邪劒及此二
龍隨歎君湍波苦千里遠從之白帝曉猿斷黃牛過
客遲遙瞻明月峽西去益相思

留別龔處士

龔子棲閑地都無人世喧柳深陶令宅竹暗辟疆園
我去黃牛峽遙愁白帝猿贈君卷施草心斷竟何言

贈別鄭判官

窺遊勿復哀慙君問寒灰浮雲無本意吹落章華臺
遠別淚空盡長愁心已摧三年吟澤畔顦顇幾時迴

[illegible]樓送孟浩然之廣陵江夏岳陽

故人西辭黃鶴樓煙花三月下揚州孤帆遠影空：一作碧山盡唯見長江天際流

將遊衡岳過漢陽雙松亭留別族弟浮屠談皓

秦欺趙氏璧却入邯鄲宮本是楚家玉還來荊山中光彩照滄溟精輝陵白虹青蠅一相點流落此時同卓絶道門秀談玄乃支公延蘿結幽居剪竹繞芳叢涼花拂戶牖天籟一作樂鳴虛空憶我初來時蒲萏開景風今茲大火落秋葉黃梧桐水色夢沅湘長沙去何窮寄書訪衡嶠但與南飛鴻

江夏別宋之悌

楚水清若空遙將碧海通人分千里外興在一盃中

谷鳥吟晴日江猿嘯晩風平生不下淚於此泣無窮

留別賈舍人至二首

大梁白雲起飄飄來南洲徘徊蒼梧野十見羅浮秋
鼇抃山海傾四溟揚洪流意欲託孤鳳從之摩天遊
鳳苦道路難翶翔還崑丘不肯銜我去哀鳴慙不周
遠客謝主人明珠難暗投拂拭倚天劒西登岳陽樓
長嘯萬里風掃清胷中憂誰念劉越石化爲繞指柔
秋風吹胡霜凋此簷下芳折芳怨歳晩離別悽以傷
謬攀青瑣賢延我於此堂君爲長沙客我獨之夜郎
勸此一盃酒豈唯道路長割珠兩分贈寸心貴不忘
何必兒女仁相看淚成行

渡荆門送別　荆州

渡遠荆門外來從楚國遊山隨平野盡江入大荒流
月下飛天鏡雲生結海樓仍憐故鄉水萬里送行舟

聞李太尉大舉秦兵百萬出征東南懦夫請
纓冀申一割之用半道病還留別金陵崔侍
御十九韻　復至金陵

秦出天下兵蹴踏燕趙傾黄河飲馬竭赤羽連天明
太尉杖旄鉞雲旗繞彭城三軍受號令千里肅雷霆
函谷絶飛鳥武闗擁連營意在斬巨鼇何論鱠長鯨
一作鯢與鯨　恨無左車略多愧魯連生拂劒照嚴霜彫戈
邊胡纓願雪會稽恥將期報恩榮半道謝病還無因

一作句京帝征亞夫未見顧劇孟阻先行天奪壯士心
長吁別吳京金陵遇太守倒履欣相一作逢迎羣公咸
祖餞四座羅朝英初發臨滄觀醉栖征虜亭舊國見
秋月長江流寒聲帝車卧一作信迴轉河漢縱復橫孤
鳳向西海飛鴻辭北溟因之出寥廓揮手謝公卿

別韋少府 宣州

西出蒼龍門南登白鹿原欲尋商一作山皓猶戀漢
皇恩水國遠行邁仙經深討論洗心句溪月清耳敬
亭猿築室在人境閉關無世諠多君枉高駕贈我以
微言交乃意氣合道因風雅存別離有相思瑤瑟與
金樽

南陵別兒童入京一云古意

白酒新初一作熟山中歸黃雞啄黍秋正肥呼童烹雞酌白酒兒女歌笑牽人衣高歌取醉欲自慰起舞落日爭光輝遊說萬乘苦不早著鞭跨馬涉遠道會稽愚婦輕買臣余亦辭家西一作入秦仰天大笑出門去我輩豈是蓬蒿人

南陵五松山別荀七

六卿頴水荀懸許郡賓相逢太史奏應是聚賢人玉隱且在石蘭枯還見春俄成萬里別六得貴清真

別山僧涇縣作

何處名僧到水西乘舟五一作弄月宿涇溪平明別我

上山去手攜金策路雲梯騰身轉覺三天近舉足迴
看萬嶺低誰浪肯居支遁下風流還與遠公齊此度
別離何日見相思一夜暝猿啼

贈別王山人歸布山

王子析道論微言破秋毫還歸布山隱興入天雲高
爾去安可遲瑤草恐衰歇我心亦懷歸屢夢松上月
傲然遂獨往長嘯開巖扉林壑久已蕪石道生薔薇
願言弄笙鶴歲晚來相依

李太白文集卷第十三

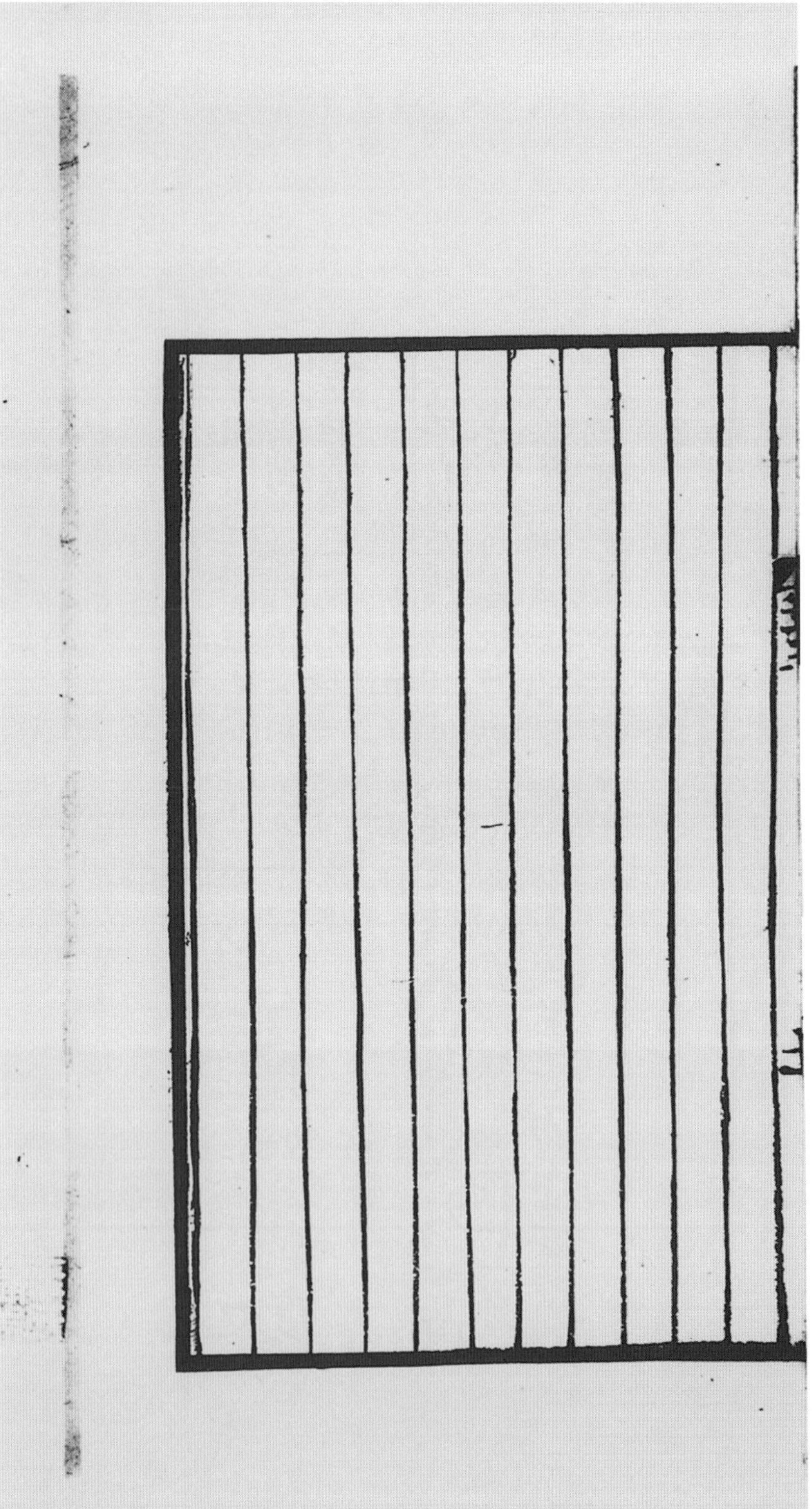

李太白文集巻第十四

歌詩三十五首

送上

南陽送客 楚漢

斗酒勿與薄寸心貴不忘坐惜故人去偏令遊子傷離顔怨芳草春思結垂楊揮手再三別臨岐空斷腸

送張舍人之江東 淮南

張翰江東去正値秋風時天清 一作晴 一鴈遠海闊孤帆遅白日行欲暮滄波杳難期 一作白日行已晩歎暮杳難湖 呉洲好 一作如 見月千里幸相思

送王屋山人魏萬還王屋 魏詩

王屋山人魏萬去自嵩宋沿吳相送數千里不遇乘
興遊台越經永嘉觀謝公石門後於廣陵相見美其
愛文好古浪跡方外因述其行而贈是詩一作見王屋山魏萬
太白自嵩歷兗遊梁入吳計程三千里相訪不遇因下江東尋諸名山往復百餘後於廣陵一面遂乘興共
過金陵美此公愛奇好古獨往物表因述其行李遂有此贈
仙人東方生浩蕩弄雲海沛然乘天遊獨往失所在
一作東方不辭家獨訪紫泥海時人少相逢往往失所在魏侯繼大名本家聊攝
城卷舒入元化一作仙隱韡跡與古賢并十三弄文史揮
筆如振綺辯折田巴生心齊魯連子西涉清洛源頗
驚人世諠採秀卧王屋因窺洞天門朅來遊嵩峯羽
客何雙雙朝攜月光子暮宿玉女牕鬼谷上窈窕龍

潭下奔流東浮汴河水訪我三千里逸興滿吴雲飄
颻浙江汜揮手抗越間樟亭望潮還濤卷海門石雲
横天際山白馬走素車雷奔駭心顏遥聞會稽美一
弄（一作且度）耶谿水萬壑與千巖崢嶸鏡湖裏秀色不可
名清輝滿江城人遊月邊去舟在空中行此中久延
佇入剡尋王許笑讀曹娥碑沉吟黄絹語天台連四
明日入向國清五峯轉月色百里行松聲靈溪恣沿
越華頂殊超忽石梁横青天側足履半月眷（一作忽）然
思永嘉不憚海路賒挂席歷海嶠廻瞻赤城霞赤城
漸微没孤嶼前嶢兀水續萬古流亭空千霜月縉雲
川谷難石門最可觀瀑布挂北斗莫窮此水端噴壁

瀑素雪空濛生晝寒却尋惡溪去寧懼惡溪惡咆哮
七十灘水石相噴薄路劃李北海李公邕昔為括州開此嶺路巖
開謝康樂惡溪有謝康樂題詩巖一作嶺路始此海巖詩題康樂松風和猿聲
搜索連洞壑徑出一作岸接梅花橋雙溪納歸潮落帆金
華岸赤松若可招沈約八詠樓城西孤岧嶢岧嶢四
荒外曠望羣川會雲卷天地開波連浙西大亂流新
安口北指嚴光瀨釣臺碧云中邈與蒼梧對稍稍來
吴都徘徊上姑蘇煙緜橫九疑漭蕩一作盪漭見五湖目
極心更遠悲歌但長吁迴橈楚江濱揮策揚子津身
著日本裘裘則朝卿所贈日本布為之昂藏出風塵五月造我語
知非儓儗人相逢樂無限水石日在眼徒千五諸侯

不致百金產吾友揚子雲絃歌播清芬雖爲江寧宰
好與山公羣乘興但一行且知我愛君君來幾何時
仙臺應有期東隱綠王樹定長三五枝至（一作今）天壇
人當笑爾歸遲我苦惜遠別茫然使心北（一作[illegible]）黄河
若不斷白首長相思

金陵詶翰林謫仙子

王屋山人魏萬

君抱碧海珠我懷藍田玉各稱希代寶萬里遙相燭
長卿慕藺久子猷意已深平生風雲人暗合江海心
去秋忽乘興命駕來東土謫仙遊梁園愛子在鄒魯
二處一一不見拂衣向江東五兩挂淮月扁舟隨海風

南遊吳越徧高揖二千石雪上天台山春逢翰林伯
宜父謝項託林宗重黃生一長復一少相看如弟兄
惕然意不盡更逐西南去同舟入秦淮建業龍盤處
楚歌對吳酒借問承恩初宮買長門賦天迎駟馬車
才高世難容道廢可推命安石重攜妓子房空謝病
金陵百萬戶六代帝王都虎一踞西江鍾山臨北湖
湖山信爲美王屋人相待應爲岐路多不知歲寒在
君遊早晚還勿久風塵間此別未遠別秋期到仙山

送當塗趙少府赴長蘆

我來揚都市送客廻輕舠因誇吳太子便觀廣陵濤
仙尉趙家玉英風凌四豪維舟至長蘆目送煙雲高

搔首對酒樓持袂把蟹螯前途儻相思登嶽一長謡

送友人尋越中山水

聞道稽山去偏宜謝客才千巖泉灑落萬壑樹縈廻
東海橫秦望西陵遶越臺湖清霜鏡曉濤白雪山來
八月枚乗筆三吴張翰盃此中多逸興早晚向天台

送族弟凝之滁求婚崔氏

與爾情不淺忘筌已得魚玉臺挂寳鏡持此意何如
坦腹東牀下由來志氣疎遥知向前路擲果定盈車

送友人遊梅湖

送君遊梅湖應見梅花發有使寄我來無令紅芳歇
暫行新林浦定醉金陵月莫惜一鴈書音塵坐胡越

送崔十二遊天竺寺

還聞天竺寺夢想懷東越每年海樹霜桂子落秋月
送君遊此地已屬流芳歇待我來歲行相隨浮溟渤

送楊山人歸天台

客有思天台東行路超忽濤落浙江秋沙明浦陽月
今遊方厭楚昨夢先歸越且盡秉燭歡無辭凌晨發
我家小阮賢剖竹赤城邊詩人多見重官燭未曾然
興引登山屐情催汎海船石橋如可度攜手弄雲煙

送温處士歸黃山白鵝峯舊居

黃山四千仞三十二蓮峯丹崖夾石柱菡萏金芙蓉
伊昔昇絕頂下窺天目松仙人鍊玉處羽化留餘蹤

亦聞溫伯雪（一作雲）獨往今相逢採秀辭五嶽攀巖歷萬
重歸休白鵝嶺渴飲丹沙井鳳吹我時來雲車爾當
整去去陵陽東行行芳桂叢迴谿十六度碧嶂盡晴
空他日還相訪乗橋躡綵虹

送方士趙叟之東平

長桑晚洞視五藏無全牛趙叟得秘訣還從方士遊
西過獲麟臺爲我弔孔丘念別復懷古潸然空淚流

送韓準裴政（一作正）孔巢父還山（魯中）

獵客張兔罝不能挂龍虎所以青雲人高歌（一作昕）在巖
戶韓生信英（一作豪）彥裴子含清真孔侯復秀出俱與雲
霞親峻節凌遠松同衾卧盤石斧冰漱寒泉三子同

一作二辰時一作或乘輿徃徃一作去去雲無心出山揖牧伯長
帝輕衣簪昨宵夢裏還去弄竹溪月今辰魯東門帳
飮與君別雪崖滑去馬蘿逕迷歸人相思若煙草歷
亂無冬春

送楊少府赴選

大國置衡鏡準平天地心羣賢無邪人朗鑒窮清深
吾君詠南風袞冕彈鳴琴時泰多美士京國會纓簪
山苗落澗底幽松出高岑夫子有盛才主司得球琳
流水非鄭曲前行遇知音衣工剪綺繡一誤傷千金
何惜刀尺餘不裁寒女衾我非彈冠者感別但開襟
空谷無白駒賢人豈悲吟大道安弃物時來或招尋

爾見山吏部當應無陸沉

對雪奉餞任城六父秩滿歸京

龍虎謝鞭策鴛鸞不司晨君看海上鶴何似籠中鶉
獨用天地心浮雲乃吾身雖將簪組狎若與煙霞親
季父有英風白眉超常倫一官即夢寐脫屣歸西秦
竇公敞華筵墨客盡來臻燕歌落胡鴈郢曲迴陽春
征馬百度嘶遊車動行塵躊躇未忍去戀此四座人
餞離駐高駕惜別空慇懃何時竹林下更與步兵鄰

魯郡堯祠送吳五之琅耶

堯沒三千歲青松古廟存送行奠桂酒拜舞清心魂
日色促歸人連歌倒芳樽馬嘶俱醉起分首更何言

魯郡尭祠送竇明府薄華還西京（時久病）

朝策犂眉騧舉鞭力不堪強扶愁疾向何處角巾微
服（一作步）尭祠（一作南）長楊掃地不見日石門噴作金沙潭笑
誇故人（一作狹謝伯明）指絕境山光水色青於藍廟中往往來
擊鼓尭本無心爾何苦門前長跪雙石人有女如花
日歌舞銀鞭繡轂往復迴簸林蹶石鳴風雷遠煙空
翠時明滅白鷗歷亂長飛雪紅泥亭子赤（一作朱）欄干碧
流環轉青錦湍深沉百丈洞海底那知不有蛟龍盤
君不見綠珠潭水流東海綠珠紅粉沉光彩（一作白首同歸驂光
彩）綠珠樓下花滿園今日曾無一枝在昨夜秋聲閶
闔來洞庭木落騷人哀遂將三五少年輩登高送遠

（一作遠逝）形神開生前一笑輕九鼎魏武何悲銅雀臺我歌白雲倚牕牖（一作大開口）爾聞其聲但揮手長風吹月渡海來遙勸仙人一杯酒酒中樂酣宵向分舉觴酹堯堯可聞何不令皐繇（一作陶）擁篲橫八極直上青天揮（一作掃）浮雲高陽小飲真瑣瑣山公酩酊何如我竹林七子去道（一作遠）蘭亭雄筆安足誇（一作誇）堯祠笑殺五（一作鏡）湖水至今憔悴荷花爾向西秦我東越暫向瀛洲訪金闕藍田太白若可期為余掃灑石上月

送韋八之西京

客自長安來還歸長安去狂（一作秋）風吹我心西挂咸陽樹此情不可道（一作論）此別何時遇望望不見君連山起

煙霧

送薛九被讒去魯

宋人不辨玉魯賤東家丘我笑薛夫子（一作少笑夫子而我）胡爲
兩地遊黄金消衆口白璧竟難投梧桐生蒺藜緑竹
乏佳實鳳凰宿誰家遂與羣雞匹田（一作方）家養老馬窮
士歸其門蛾眉笑躄者賓客去平原却斬美人首三
千還駿奔毛公一挺劒楚趙兩相存孟嘗習（一作悅）狡兎
三窟頼馮諼信陵奪兵符爲用侯生言（一作朱生擊晉鄙爲感信陵恩）
春申一何愚刎首爲李園賢哉四公子撫掌黄泉
裏借問笑何人笑人不好士爾去且勿諠（一作論）桃花竟
何言沙丘無漂母誰肯飯王孫

單父東樓秋夜送族弟況之秦（一作京）時凝弟在席

爾從咸陽來問我何勞苦沐猴而冠不足言身騎土牛滯東魯況弟欲行凝弟留孤飛一鴈秦雲秋坐來黃葉落四五北斗已（一作稍）挂西城樓絲桐感人絃亦（一作已）絕滿堂送客（一作客）皆惜別卷簾見月清興來疑是山陰夜中雪明日斗酒別惆悵清路塵遙望長安日不見長安人長安宮闕九天上此地曾經爲近臣一朝（一作復）一朝白髮心不改屈平顦顇滯江潭亭伯流離放遼海折翮翻飛隨轉蓬（一作不翼飄天）聞弦虛墜下霜空聖朝久棄青雲士他日誰憐張長公（一作誰肯相□張長公）

送族弟凝至晏堌單父三十里

雪滿原野白戎裝出盤遊揮鞭布獵騎四顧登高丘
兔起馬足間蒼鷹下平疇喧呼相馳逐取樂銷人憂
捨此戒禽荒微聲列齊謳鳴雞發晏堌別鴈驚涔溝
西行有東音寄與長河流

魯城北郭曲腰桑下送張子還嵩陽

送別枯桑下凋葉落半空我行懵道遠爾獨知天風
誰念張仲蔚還依蒿與蓬何時一杯酒更與李膺同

送魯郡劉長史遷弘農長史

魯國一杯水難容橫海鱗仲尼且不敬況乃尋常人
白玉換斗粟黃金買尺薪閉門木葉下始覺秋非春

闕君向西遷地即鼎湖鄴寳鏡匣蒼蘚丹經埋素塵
軒后上天時攀龍遺(一作 雖)小臣及此留惠愛庶幾風化
淳魯縞如白煙五縑不成束臨行贈貧交一尺重山
岳相國齊晏子贈行不及言託陰當樹李忘憂當樹
萱他日見張禄綈袍懷舊恩

送族弟單父主簿凝攝宋城主簿至郭南月
橋卻迴棲霞山留飲贈之

吾家青萍劍操割有餘閑徃來糾二邑此去何時還
鞍馬月橋南光輝歧路間賢豪相追餞卻到棲霞山
羣花散芳園斗酒開離顔樂酣相顧起征馬無由攀

魯郡東石門送杜二甫

醉別復幾日登臨徧池臺何言石門路重有金樽
開秋波落泗水海色明徂來飛蓬各自遠且盡林中
盃

魯郡堯祠送張十四遊河北

猛虎伏尺草雖藏難蔽身有如張公子骯髒在風塵
豈無橫腰劒屈彼淮陰人擊筑向北燕燕歌易水濱
歸來太山上當與爾爲鄰

杭州送裴大擇時赴廬州長史　吳中

西江天柱遠東越海門深去割辭親戀行憂報國心
好風吹落日流水引長吟五月披裘者應知不取金

灞陵行送別　長安一

送君霸陵亭灞水流浩浩上有無花之古樹下有傷
心之春草我向秦人問路岐云是王粲南登之古道
古道連綿走西京紫闕落日浮雲生正當今夕斷腸
處驪歌愁絕不忍聽

送賀監歸四明應制

久辭榮祿遂初衣曾向長生說息機真訣自從茅氏
得恩波寧阻洞庭歸瑤臺含霧星辰滿仙嶠浮空島
嶼微借問欲棲珠樹鶴何年却向帝城飛

送竇司馬貶宜春

天馬白銀鞍親承明主歡鬬雞金宮一作闕裏射鴈碧雲
端堂上羅中貴歌鍾清夜闌何言謫南國拂劍坐長

歎隨璧爲誰點隨珠枉被彈聖朝多雨露莫厭此行難

送羽林陶將軍

將軍出使擁樓船江上旌旗拂紫煙萬里橫戈探虎穴三杯拔劍舞龍泉莫道詞人無膽氣臨行將贈繞朝鞭

送程劉二侍御兼獨孤判官赴安西幕府

安西幕府多才雄喧喧唯道三數公繡衣貂裘明積雪飛書走檄如飄風朝辭明主出紫宮銀鞍送別金城空天外飛霜下葱海火旗雲馬生光彩胡塞塵清計日歸漢家草綠遥相待

送姪良攜二妓赴會稽戲有此贈

攜妓東山去春光半道催遥看二桃李雙入鏡中開

送賀賓客歸越

鏡湖流水漾清波一作春始波　狂客歸舟逸興多山陰道士
如相見應寫黄庭換白鵝

送張遥之壽陽幕府

壽陽信天險天險横荆關苻堅百萬衆遥阻八公山
不假築長城大賢在其間戰夫若熊虎破敵有餘閑
張子勇且英少輕衞霍孱投軀紫髯將千里望風顔
勗爾効才略功成衣錦還

李太白文集巻第十四

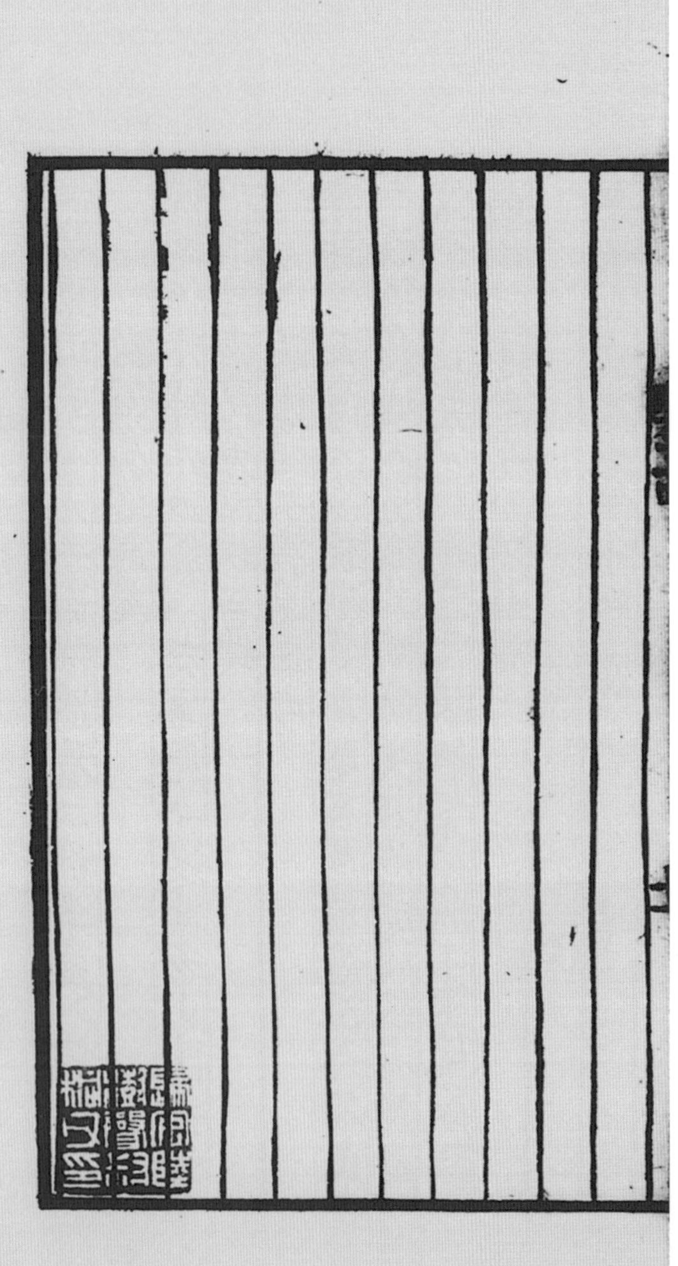

不鮮明箇所一覧

松浦智子編

以下の一覧は、版木の摩滅や影印に際しての縮小率などによって生じた不鮮明箇所について、本書と同版本である宋刻本（中國國家圖書館〈北京〉所藏）の影印本（上海古籍出版社・一九九〇）、ならびに本版の覆刻本である清康熙五十六年繆氏刋本を参照して補ったものである。

【凡例】卷數・葉數・a（表葉）b（裏葉）・行數・「不鮮明字」の順に掲載する

目錄

6a・10　勸入山「幽居」　北京本は「幽居」の字無し
8b・3　「贈」僧「行」
4　白「鵬」
10b・4　金陵「酒」
16a・1　「遊」五
5　「陪族」叔
b・5　安「墩」
6　梅「崗望」
10　酒「望」
19b・10　落日「憶山中」
20a・9　「尋陽紫極宮感秋」
10　秋夕「書懷」
11　南奔書「懷」
25a・1　圖「慈親讚」

卷一

2b・4　出「神入」
5　師「達白」
11　榮之顥「始」
4b・7　「一」時之
10　一日「雲想」
7a・11　騏「驥」
b・5　壞「字」
6　末「多」難
8a・10　山「玄」宗
9b・11　「歌」詩
10b・3　蘖「暢」
11a・11　伍「間」
b・8　陶「彭」澤
9　韋「蘇」州
11　「容州」蕭
11　魯「山」陽
12b・7　宥「又」

卷二

1a・8　一作「蹉跎」
11　「麟」
b・1　「蟾」蜍
2　「螮」蜾
2b・3　「蟣」蝨
8　紫「鸞」笙
9　坐蓬「瀛」

3a・9 将「客」星
b・2 「鷙鴦」有時
3 一作「能」
4 蕭「索」一「作颯」
9 「豎」戰士…圭「組」四句
9 一作「衞霍」
11 一作「往」
4a・8 月「落」
b・1 「雙」戲
4 一作「嶽」
8 我「遊」
9 一「白」鹿
5a・9 春「蠶」生
b・5 雲「開」甲
6b・2 一作「詎」繆本は「距」に作る
4 一作「發塚」
11 「北」溟
7a・11 一作「榮」
b・1 一作「承風」一「運」斤
5 風「擊」齊
6 何「幸遠身金」殿「旁」
8a・3 殺氣「落」…雲「蔽層巒」

孤「鳳」鳴天「霓遺聲何辛酸遊」人…國「撫」心
亦「盤桓倚劒」
4 「歌」所思曲終涕「洄瀾」
6 滄「朝鳴」…砥「柱」
9 一作「朝駕碧鸞」車
11 祈「上」皇…素「玉」
杯…賜「瓊」
b・3 「寄」影…春「洲」
4 極「雄」豪「安」足
7 紛「葳蕤」
8 歎「葑菲詩」玉…素「絲」
10 頽「陽洪」波
11 白「駒空山詠場」
9a・3 天「構珠」
b・3 人「枉」千
10 蕭「藿」
10a・6 榮「耀」非
b・8 相「傾奪」賓客「互」…多「翻覆」…酒「以」下
11 一作「枯」一作悲又「作動」問何「所窺」

巻三

1a・8 亦禅「禹」
b・11 「皀」開
2a・1 山「摧」
b・11 欲「攀」龍
3a・2 關「闇」
b・1 「梭」向人…夫知在「關」
11 時「野戰」
5a・1 中「綵」女
b・11 一作古「興」
6a・10 黃「金」臺
b・2 何「用」
7a・2 孤「墳」何「崢」
b・9 稍「覺」
11 一作「將」
11 肯「傾」
8a・3 杯「顏」色「紅」
6 冬夜「夜」
b・11 白日「暖」
9a・2 寫「恨」
3 瞑目「歸」
4 今「擬」之
10a・11 囊「括」大

b・4 「天」兵

巻四

1b・9 絕「世」歌
3a・1 爲「刖」
b・1 昭君「怨」
2 「漢」家
7 及「英才」已「下」歌 繆本は「未央才人」に作る
4b・3 涉「撫」
5a・1 採「蓮女」
6a・1 且「留」
9 一作「寒」
11 代「隴」上「健」兒
b・10 天「覆」
7a・7 錦「帶」匕
b・2 「妾髮初覆額折」花門前「劇郎騎」竹馬
3 同「居長千里兩小無嫌猜十四焉」
5 一作「恥」
10 一作「昔」

8a・11 心「肝」
9a・4 玉「顏」
9 刀「剪」綵
10 飛「傾」城
11 「燭」已
b・2 「胡」雁
3 「散」落
4 霜「觸」
4 驚「相」呼聞「絃」
10 一作「素」秋草
10a・3 雲「端」雙
4 驕「五」單
b・1 「盈」巾
7 色「憑」崖

卷五

1a・8 向「臨」洮
b・7 爲「怨」歌行
8 春「紅君」王…色「侍」
2a・1 夜「忡忡」
b・2 長「嗟」
11 「廣」成
3a・11 「峴」山

11 一作「水色」
b・9 深「宮」裏
11 一作「金」「殿」鎖
4a・5 一作「在」
6 庭「朝」未
b・6 素「女」
5a・1 解「釋」
2 「恨」沉
7 「濟濟雙」闕
8 右「詞」魏朝「協」律
b・7 門後「書」…翰林「諸」公
8 明「主」
6a・4 一作「恃」
5 一作「扁舟」尋「釣」翁
8 邯鄲「城」
b・3 赤「山下開雲」紫
8 誰「家」
10 「巉巖凌穹」蒼
7b・1 身「計」
2 飲「乳」
4 發「白」馬
5 聒「川」
7 兵「獵月窟」轉…倚「劍
登燕」然邊「烽」
8 萬「里」
11 一作「還來」
8a・2 手「採」桑
3 草「鳴」
4 暮「高」駕空「踟躕」
6 使「爾」
8 一作「識」
b・3 「珠」箔
5 似落「梅」
11 此「道」
9a・1 千里「曲」
6 植「危」根
11 虎「落陷」
b・3 眉「寶鏡」…如「風
吹」
6 一作「楊柳」
10a・2 臺「左」鞍
3 樓「臥」夷
5 且「斷」…錦「障」
7 一作「戀」
b・7 一作「燕」人
10 戰「鬭」死

11a・3 人「貴藏」
4 與「爾」同

卷六

1a・2 三「十」
7 前「看月光」疑是「地」
8 「淥水曲」
2a・4 皆「相」惟
10 奏「梅花」
b・6 羅「帷」
10 草「摧」
3a・5 回「舟不待月歸去越王
家」
4a・2 惜「栽」桃
4 須「徇書」
5a・7 「孤」猶
10 悔「傾」連
6a・5 「襄漢」
b・2 古「碑」材
5 一作「酒仙」
10 朱「顏」
7a・2 一作江「上遊」
8 青「聽」新「鸎」

b・7 忽高「懸」
8a・2 鈎「古」人
10 矣「乎」笑
9a・1 須「黑」
3 「陝西」
b・11 三「十」六
10a・1 海「與」天
b・11 一作「聯」
11 「緜」向
11a・1 霞「盃拂」花
2 起「憑崖」一

巻七

1a・7 一作「醉」來
8 「安」可
9 酒「登高樓」
10 「一作如」清
b・1 「嗤書空字還滅」 繆本は「咄」に作る
2 「一作遠」
11 猿「綠」
2a・11 「蹩躠」
3b・3 「胥虎嘯鳳皇樓」

5a・10 兩「鬢」
b・2 「醉」上
8b・3 「劒」閣
9a・10 誰知「嫁商」
10b・1 似「苔錦含碧滋」

巻八

1a・11 一作「鳥」
b・5 一作「濆」 北京本はこの三字無し
2a・7 君「樹桃」
3a・1 一「作」石
b・10 連「峯」
11 「渤」川
4a・3 一作「攜」
b・3 解「鸊鵜」
9 豪「英」
11 白「髮」
5b・1 何「七」
2 「匡（缺筆）坐至夜分」平明
3 風「去吹散萬里雲羞作濟南生九」

---

4 不「然拂劒起沙漠收奇動」…「清芬」
6a・3 武「威」一云將軍豪□□天威
4 暮「垂」
8 一「作」
7a・7 兼「陳情上哥」
8a・11 「燕魏」
b・1 寧「知」
4 寥「落壺」
9a・6 得「頌聲」
7 「贈臨」洺縣
b・6 「驀櫪」上
10a・3 「贈盧」徵君
b・10 都「尉」

巻九

2b・1 夫「子王佐」
2 日「思騰騫我縱五湖棹煙濤恣崩奔夢」
3 「客」星
5 江横「羅刹石」
11 「言懷賢若沈」

3a・1 「墮」淚…「一作何時共攜手更醉峴山頭」
8 「仙」傳書「藥」
4b・11 亦「衾儔」
5b・5 如「貌」
7a・1 生「籍」
2 輕「擲」
8a・11 蓬「瀛」
b・2 一「作知」
4 女「振」
9 「翺」翔
10 「醉後贈」從
9b・1 一作「栽」
10b・2 會「稽」
10 羅「江」
11a・11 一作「詩」
b・7 輕「賣」
8 攸「蒐」

巻十

1b・11 衣「冠陷鋒」
2a・7 平「剖竹」
8 人「情夫子」

9 「掃」地…秋「來百草
生飛鳥」還
10 「何塹宓子賤不減陶淵
明吾知」千載
11 「尋陽」北京本この二
字無し
3a・2 「組」練明秋「浦」樓
船入郢「都風高」
3 「殺」氣…「九區白猨」
塹
4 可「誅自憐」非
5 「流夜郎」
b・9 期「洗清」
4a・1 「解長」劒
6 撫「我頂」
b・3 百「川」
9 一「作解印」
11 「改」九
5b・1 一作「樊」
7a・4 北「市」
6 陵「君」
b・1 「陵」猨
9 「千」年 繆本は十に作
る
8a・8 「字數」…「秖」
b・6 「悶人」悶
7 「重暖」生
10 「如」夢
9a・5 至「瀟湘」
7 「凌」蒼蒼
10b・1 「共」醉
4 一作「鼓棹」

巻十一

1a・4 御「宣城」北京本は城
の字無し
5 本「性」
6 歌「掩口」
b・6 下「馬」
2b・5 「獮猴」
3b・11 「所」適
4b・3 「寄一書」
4 贈「友人三首」
5 戶「別是閑庭草」
6 池「顧無馨香美」
5a・4 霜「鬢兩邊白」
5 鼎「談」
7 莫「持」西
8 「陳」情
9 「上」國
b・8 貧「女」
10 楚「人」
6a・10 趙雲「卿」
b・11 「贈僧行融」
7a・4 鸚「鵡洲」
6 白「鷗」
b・9 常「醞」
8a・1 「經亂」後將「避地」
9a・3 前「楹」
4 「天」門…淸「長」
6 安「陸」…「春歸桃花
巖貽」
7 許「侍御」
10 「空徂遷歸來丹巖曲得憩
青霞眠」
b・7 一作「臥束恨已久興」
8 「發思逾積」
9 雲「宅」…結「緝」
10 一作「幽夢」
11 書「西飛鴻贈爾慰離拆」
繆本は析に作る
10a・9 出「門」
b・3 「映」竹日一作「水竹」
5 結「桂」…蘭「恨莫從」
7 「寄」王
10 松「下」
11 一「作横」
11a・1 咫尺「世喧隔微冥眞理
融」

巻十二

1b・1 落「盡」
2a・10 月「深」
b・8 滿「芳」
3b・1 又「叨」
5 吟「謝」
11 「堂」上…樂「淹」
4a・1 色「醉」
10 於「焉摘」
11 事「幽酌」
b・1 空「蠢蠢」
7 事「已」

5a・2 夷「秋注」
b・1 揭來「已」
9 峯「帳銀河」
10 沓「嶂崚」
6a・9 空「中流」
10 清「壁遙山挂彩虹」
7a・2「醉」羅
b・1「天命有所懸安得苦愁思」
2「流夜郎至西塞驛」…「上峽」
3 水「驛苦」
5「龍」怪
6「鳥」去
8a・9「鼓角」徒
10「長呼結浮」雲…顧「榮」
9a・1「滄州」心歲…「幽」
賞…誰「豁」
2 從「弟」
3 郡「守官清且閑」
b・10「馬臺」
10a・10 大「藍山南來」漆林「渡水」

11「注」潭
b・1「巉巘」注
4 家「敬亭下輒繼謝公作」
5「年風期宛如昨登高素秋月」
6 府中「鴻鷺羣 一作俯視鴛鷺羣」
10 一作「疎」…相「隨」

巻十三

1b・11 南「傾」…「一作冥搜」
2b・1「開」心
10 金「陵繞」
3a・9 一「盃酒拂」
b・11 麗「絕」
4b・2「此」中
3 說趙「復過秦」
5a・11 作「留別邯鄲」
b・4 孤「潔」
6a・1 天「籟何」…迻「迤」
10「悍嫠羞」言
7a・4 一作「遺都」

6「去」揮
b・1「來」相送
8a・11「黃鶴樓」送
b・1 一作「映」
2「碧」山盡「唯」
5「符」彩
9b・10 一作「覭」 繆本は覭に作る
10a・8 邁「仙」
b・1 南「陵」
3「取醉」
4 苦「不早」著「鞭」
5「輕」買
9 里「別立」
11 一作「盃」
11a・1 足「廻」

巻十四

1a・9 帆「遲」
b・4 尋「諸」
5「物」表因「述」
7「海時」人
2a・10「漸微沒孤」

11「川谷」難…「挂北斗」莫
b・1「灑素雪」空
3a・1 爲「江寧宰」
3 一作卽 繆本は卽を如に作る
4 心「悲 一作□□」
b・5「才高」世
6 金「陵百萬」
4b・2 想「懷東」
3 已「屬流」
11 餘「蹤」
5a・1 聞「溋伯」
8 山「魯中」
9「一作臥」
11 霞「親」
5b・1 一作「傳」
2「嘯」輕
7 纓「簪」
8 球「琳」
9 千「金」
10 開「襟」
11 招「尋」

6a・4 獨「用」
b・1 堯「祠送」
2 「鞭」力
3 祠「南長」…日「石門」
10 聲「閶」
11 「闔」來
7a・1 一作「遠望」

---

4 一作「掃」
6 道「睎」
7 「悴空」荷
9 「金鄉送」韋
10 自「長安」來
8a・10 飛「隨轉蓬 一作翼短
天長去不窮」

---

11 誰「憐張長公 一作」
誰肯相「思張」長公
b・10 容「横」
9a・1 素「塵」
9 月「橋南光」
b・11 別「長安」
10a・9 送「賓」

---

11 堂「上羅巾」…劍「坐」
11a・1 「攜妓」東
3 一作「春」
8 輕「衞霍孱投軀紫髯」
將…「顏」

古典研究會叢書　漢籍之部　第三十六巻

李太白文集　(一)

平成十八年二月八日　發行

原本所藏　(財)静嘉堂文庫
解　　題　米山寅太郎
　　　　　高橋　　智
出　　版　古典研究會
發 行 者　石坂叡志
整版／印刷　中台整版／日本フィニッシュ
　　　　　モリモト印刷株式會社

發　行　汲古書院
〒102-0072 東京都千代田區飯田橋二―五―四
電　話　〇三(三二六五)九七六四
FAX　〇三(三二二二)一八四五

第三期五回配本　©二〇〇六

ISBN4-7629-1194-1　C3398

古典研究會叢書　漢籍之部

第一期		
1～3	毛詩鄭箋（靜嘉堂文庫所藏）	各13252円
4 5	論語集解（東洋文庫・醍醐寺所藏）	未刊
6	吳　書（靜嘉堂文庫所藏）	15750円
7 8	五行大義（穗久邇文庫所藏）	各14700円
9～15	群書治要（宮内廳書陵部所藏）	各13650円
16	東坡集（内閣文庫所藏）	12600円
第二期		
17～28	國寶史記（國立歷史民俗博物館所藏）	各16800円
29～31	國寶後漢書（國立歷史民俗博物館所藏）	各16800円
第三期		
32	王右丞文集（靜嘉堂文庫所藏）	13650円
33～35	分類補註李太白詩（尊經閣文庫所藏）	各13650円
36 37	李太白文集（靜嘉堂文庫所藏）	各13650円
38	昌黎先生集（靜嘉堂文庫所藏）	未刊
39	韓集擧正（大倉文化財團所藏）	13650円
40～42	白氏六帖事類集（靜嘉堂文庫所藏）	未刊